TOI ET MOI, J'Y CROIS

La collection « J'y crois »

dirigée par Christophe Henning

Sur quoi fonder son existence ? Comment tenir dans une société en constante évolution ? Quelles sont les valeurs pour lesquelles s'investir vaut la peine ? Pour tracer son chemin, il faut y croire. Croire en quelqu'un, croire en un projet, croire que quelque chose est possible.
Cette conviction profonde, les auteurs de cette collection veulent la partager et peut-être la transmettre, dire comment elle les a fait agir, tenir et durer. À partir de leur propre expérience, et même s'il y a encore du chemin à parcourir, ils expliquent comment croire fait vivre.

Titres déjà parus :
Jésus, j'y crois, Michael Lonsdale, 2013
Être père, j'y crois, Olivier Le Gendre, 2014
La solidarité, j'y crois, Guy Aurenche, 2014
La compassion, j'y crois, Bernard Ugeux, 2015

Philippe Pozzo di Borgo

TOI ET MOI, J'Y CROIS

Collection « J'y crois »

bayard

18, rue Barbès, 92128 Montrouge cedex
ISBN : 978-2-227-48755-0

À mes enfants,
Pour que l'œuvre continue

Remerciements

Un grand merci à Christophe Henning, journaliste et directeur de la collection « J'y crois », aux éditions Bayard, pour m'avoir proposé d'y contribuer. Par sa présence amicale tout au long de cette année d'hospitalisation à Nantes, il m'a permis de garder le fil de ce projet.

Merci aussi à Armel Rolland, qui m'a assisté, cette même année à Nantes, pour la correspondance et l'écriture.

Merci à Michel Orcel, l'ami érudit, et aux amis de la montagne, Yves et Chantal Ballu, Max et Marie-Odile Lechevalier, pour leur relecture active et leur soutien.

Enfin, merci à Émeline Gabaut qui depuis de nombreuses années m'assiste avec bienveillance et pertinence dans tous ces projets, dont ce *Toi et Moi, j'y crois.*

Essaouira, janvier 2015

Introduction

Christophe Henning était venu m'interroger au Maroc au milieu de la déferlante du film *Intouchables*[1]. Ses questions personnelles, réfléchies, cherchaient à donner du sens à ce qui m'arrivait, à analyser ce qui pouvait expliquer dans nos sociétés occidentales un tel succès, un tel engouement, pour cette histoire que j'avais vécue au quotidien pendant dix ans.

1. *Intouchables*, film de Éric Toledano et Olivier Nakache, 2011.

Comment cette amitié improbable avec Abdel, jeune des banlieues, sorti de prison, et admirablement interprété par Omar Sy à l'écran, avait pu toucher des millions de spectateurs à travers le monde ?

Je devais retrouver Christophe en France quelque temps plus tard. Nous étions devenus amis et il me proposait de contribuer à sa nouvelle collection « J'y crois ». Cette collection vise quelques questions essentielles : sur quoi fonder son existence ? Comment tenir dans une société en constante évolution ? Quelles sont les valeurs pour lesquelles s'investir vaut la peine ? Je m'interrogeais : qu'ai-je trouvé dans la grande dépendance, à laquelle je suis confronté depuis plus de vingt ans, qui puisse donner des éléments de réponse à ces questions ?

J'avais donné mon accord de principe sans pour autant m'engager sur une date, tant mon épouse Khadija et moi-même étions débordés par les voyages, sans cesse sollicités. Il semblait impossible d'envisager une période suffisamment longue pour rédiger quelque chose qui « tienne debout ».

Je suggérai à Christophe Henning le sujet : « Toi et Moi, j'y crois ». Cela semblait cohérent avec le thème du film *Intouchables.*

Ces derniers temps, Khadija et moi-même étions très sollicités par les déplacements, les interviews, les réceptions, les évènements organisés autour du film ; j'en oubliais presque que j'étais tétraplégique !

La réalité va me rattraper rapidement par une escarre profonde, qui signe la condition des blessés médullaires[1]. Ce n'est que par une attention très stricte à notre position, à notre état de fatigue, à notre alimentation, que nous pouvons

1. Les blessés médullaires sont les blessés atteints de la moelle épinière.

éviter ces nécroses cutanées qui peuvent nous ronger jusqu'à la moelle et éventuellement déboucher sur une infection des os qui devient alors très difficile à soigner.

2014 : je me retrouve au centre hospitalier universitaire de Nantes, que je ne connaissais pas encore. Il est équipé d'une chambre réservée pour les urgences. Je suis reçu par une équipe remarquable patronnée par le Pr Brigitte Perrouin-Verbe. Après avoir subi une opération, je suis amené à rester totalement allongé pendant cinq mois, sans avoir droit au moindre oreiller. Pendant toute cette période je considère longuement mon plafond. Aborder le sujet de l'altérité, de la relation, nécessite un peu de distance, de silence. Je serai servi sur ce chapitre, d'autant plus qu'une deuxième alerte m'amènera à une opération plus lourde qui prolongera mon séjour au CHU de plusieurs mois.

Durant cette année d'hospitalisation, j'ai côtoyé tous les autres à mon image, fragiles, en souffrance ; j'ai survécu grâce aux soins incessants des équipes dévouées. Après le temps gris de Nantes – le gris, couleur du remords –, la question du Toi et Moi n'était alors plus perçue de la même manière car le Moi avait changé dans ce silence.

Christophe Henning était venu, au début de mon hospitalisation, m'interroger pendant trois jours. Relisant ses notes quelques mois plus tard, je constatai que, sur certains points, ma manière de voir les choses avait encore évolué. J'ai derrière moi une longue histoire de relations diverses. Ce sont finalement ces interminables périodes de silence, et particulièrement les plus récentes, qui ont profondément modifié ma perception des rapports humains. Je n'avais pas suffisamment fait silence dans ma vie pour pouvoir y trouver une pertinence.

Ce « Toi et Moi, j'y crois » se trouve quelque part entre ce que le monde a perçu du film *Intouchables*, les valeurs du rapport à l'autre et d'un vivre ensemble décrispé – qui semblent être une aspiration profonde dans notre monde individualiste –, et les richesses que le silence m'a procurées en me faisant revisiter ce rapport à l'autre qui commence par un rapport à soi. Respecter l'autre tel qu'il est, c'est l'enseignement d'*Intouchables*. Mais respecter autrui, c'est aussi se réformer soi-même dans le silence, avant de solliciter la relation à l'autre, porteuse de sens.

Quelle étrange équation : Toi et Moi, cela fait trois ! Il y a Moi, Toi et Nous. Le plus énigmatique, c'est peut-être… Moi ! Avant d'entrer dans l'échange, avant la rencontre de l'autre, il faut d'abord que chacun sache qui il est. J'ai mis du temps à comprendre qui j'étais ; je n'ai pas toujours été le même, ou, plus exactement, je ne m'étais pas encore découvert.

Cette réflexion sur l'altérité et notre rapport à l'autre n'est pas spécifique au tétraplégique[1] que je suis devenu. Je l'ai dit, elle dérive essentiellement du silence intérieur, qui est aussi écoute. Ainsi, je voudrais vous épargner le détour par le fauteuil et l'inconfort, pour vous amener à vous questionner vous-même comme je l'ai fait après tant d'agitation. Prenez le temps de vous interroger en faisant silence. Peut-être goûterez-vous cette impression d'être revenu à quelque chose de simple, d'appréciable par tous, et de pertinent.

Dans les milliers de témoignages que j'ai pu recevoir à la suite d'*Intouchables*, l'inconfort, le désamour, l'incompréhension, la solitude, le sentiment d'une extrême injustice dominent.

Au-delà de l'hilarité et de l'enthou-

---

1. Tétraplégique signifie paralysé des quatre membres.

siasme, c'est l'émotion, voire un secret espoir que le film a pu susciter chez les spectateurs. C'est aussi à travers tous ces cris que j'ai trouvé matière à ce Toi et Moi. Autant que les intouchables du film, ce sont ces intouchables anonymes – c'est toi, c'est moi ; c'est vous, c'est nous – qui fondent les bases d'une nouvelle manière d'être ensemble.

1
Pourquoi l'autre ?

Toi et Moi, j'y crois : cette équation m'a longtemps été étrangère. Je ne me posais pas la question, seulement préoccupé de vivre ma vie. Non par prétention : simplement par négligence, par insouciance, peut-être par appréhension. Je respectais le « Toi » de l'altérité ; mais il n'était pas prioritaire. Il s'est infiltré pendant la maladie de Béatrice. « L'autre », c'était la souffrante, puis ce fut l'absente. Après sa mort, j'ai perçu tout ce que j'aurais pu, ou dû, vivre avec elle. Faut-il qu'une pudeur mal vécue, un égoïsme dominant, aient pu occulter le bonheur d'un partage ?

Le « Moi » domine dans notre société. L'impasse de l'individualisme, accentuée par la crise, nous appelle à envisager une nouvelle manière d'être ensemble. Et pourtant le « Toi » doit équilibrer le « Moi » dans une relation apaisée et enrichie. Pour caricaturer, hier c'était « Moi » contre « Eux ». Aujourd'hui, envisageons qu'« Eux » puissent devenir « Vous », et que « Toi et Moi » soit tout simplement « Nous ». Une révolution dans les rapports sociaux.

Avant d'aboutir à ce binôme moteur, à cette union de deux entités, il y a la frontière entre le « Toi » et le « Moi », cet instant de rencontre où tout se déterminera pour établir ou non une relation, un lien. Cette frontière, qui souvent sépare, peut, lors de cette rencontre, grâce à un parfum, un regard, une poignée de main, un geste, ouvrir à un partage.

J'ai mis du temps à croire que l'autre était tout aussi important que moi. Parce que la vie a mis du temps à me relier aux autres. Pendant quarante-deux ans j'avais vécu dans le bruit et l'agitation. Après l'accident et jusqu'à la mort de Béatrice, je m'étais mobilisé pour ne pas peser sur mon épouse, atteinte d'un cancer. Les grandes périodes de silence ont donc été celles des dépressions qui ont suivi la mort de Béatrice, et mes longues hospitalisations.

Dans un monde qui semble peu enclin au rêve, j'ose rêver trouver dans ce binôme du Toi et du Moi la solution à beaucoup de difficultés que connaissent nos sociétés. Cette relation est un relais tellement plus riche à ce qu'on a longtemps considéré comme les promesses d'une réalisation du Moi et qui, pour beaucoup, se révèle comme une véritable impasse.

Dans notre société en quête de réponses, j'ose croire qu'une piste s'offre dans cette équation. Croire : c'est espérer, c'est mystérieux, c'est porteur et stimulant. Bien sûr, c'est à la fois un acte de confiance et un risque de déception. Mais le risque de ne pas croire à cette alchimie est trop fréquemment illustré de nos jours : la solitude qui se généralise, les appétits qui s'aiguisent. Ce mystère m'échappe, et pourtant je l'expérimente maintenant : croire en l'autre, risquer sa confiance, est plus prometteur que l'idéologie de l'individu qui se veut seul et triomphant.

2
Le Moi d'antan

Il y a eu au moins deux « Moi » en moi. Celui que j'étais et celui que je suis devenu. Ou même plusieurs Moi qui se sont découverts par étapes.

Le temps se divise entre la période avant l'accident et la mort de ma première épouse Béatrice, et après, qui est aussi maintenant. Celui que je suis aujourd'hui était probablement déjà dans celui que j'étais. Mais celui que j'étais était à l'image de ce qu'on attendait de lui. Aujourd'hui libéré des contraintes de la société, je n'ai plus à chercher ces modèles.

Je ne peux pas parler d'aujourd'hui sans rappeler celui que j'ai été pendant quarante-deux ans. J'étais un type « bien », inséré, heureux, un homme qui se posait certaines questions et s'en cachait d'autres. Je préconisais des solutions politiques aux maux de notre société – au grand dam de mon épouse, Béatrice, qui craignait ces modèles que l'histoire avait déjà trop longuement essayés – mais je restais détaché, peu investi, et finalement peu concerné. Les questions que je me posais étaient passablement théoriques. Elles pouvaient définir en partie mon identité sociale, certainement pas me révéler. J'ai déjà raconté mon histoire dans un précédent livre[1], qui a nourri le scénario du film *Intouchables*. Mais je ne cesse de m'interroger sur celui que j'étais : ce gars-là,

---

1. *Le second souffle*, Bayard, 2011.

ce n'est pas qu'il ne s'intéressait pas aux autres ; il n'écoutait pas, il était trop pressé, il n'entendait pas. Il avait toute la vie devant lui, et il n'avait jamais le temps.

J'étais coupé de l'autre, trop préoccupé de moi-même, de ma réussite, du pouvoir, des conquêtes, de l'image que je pouvais donner. Très encombré de ma personne, j'étais sans cesse insatisfait, toujours en appétit, dans le mouvement. Certes, il est important d'être animé de grands desseins, mais méfions-nous d'une trop vive voracité : cela nourrit en nous un sentiment de toute-puissance, de permanence, d'immortalité. Or nous sommes fragiles. Je l'ai appris un certain jour de juin 1993…

Celui que j'étais n'avait pourtant rien d'anormal ni de monstrueux. J'étais doué en affaires, plutôt épanoui : très sportif à quarante-deux ans, je courais des marathons régulièrement, je passais des heures en parapente. Je sais maintenant que la vitesse est une illusion, une fuite. Je repoussais toutes les limites, alors que mon épouse était en train de mourir. À cette époque, Béatrice percevait l'échéance, l'issue fatale. Moi, j'étais incapable d'en prendre conscience. Je voyais bien que le cancer l'affaiblissait de plus en plus ; quelque chose allait finir – mais je m'interdisais d'y penser. J'étais invincible et je refusais la marque du temps. Je n'étais pas bête, mais j'étais loin d'avoir cette intelligence de la vie qui donne du sens à l'existence.

En fait, je n'étais pas différent de bien de mes contemporains !

Dans la famille, on me surnommait « Philippe aussi ! », parce qu'enfant j'étais toujours en train de dire « Philippe aussi ! ». Moi aussi, moi d'abord. J'étais bien dans le ton de notre société boulimique. Je voulais toujours tout. C'est la gourmandise de l'enfant, teintée de curiosité, d'émerveillement. Mais, à l'âge adulte, ça dégénère en un commandement terrible : « Toujours tout, toujours plus et tout de suite ! »

Avec une fratrie de trois garçons – deux sœurs suivront quelques années plus tard –, nous étions typiquement dans un jeu politique. Deux contre un. Je faisais les alliances, en fonction de mes intérêts, ce qui n'est pas très... fraternel ! Mais comment calmer ma boulimie ? Philippe aussi : il me fallait tout !

Le piège, c'est que tout paraît normal : je vibrionne, je suis saturé de sollicitations, je cours sans cesse, toujours plus vite, plus loin. Je me souviens de cette impression de totale maîtrise ; j'étais dans cet état de lévitation. Le parapente est l'image parfaite de cette démesure : notre fréquence cardiaque habituelle, pour tout Terrien, se situe entre soixante et quatre-vingts pulsations par minute, un peu moins pour les marathoniens. Lors d'un vol en parapente, la fréquence grimpe jusqu'à cent quatre-vingts battements par minute, pendant plusieurs heures : je suis littéralement « shooté » ! Durant cette période, je suis dans un état d'efficacité, de perception, ou d'attention, qui fait que rien ne m'échappe ; je sais où j'en suis, ce qu'il faut donner comme indications, quelle stratégie, comment battre le concurrent. Je suis dans un état d'ivresse, comme au casino. J'avais vaguement une morale, j'étais considéré comme un gentil, même si certains cadres m'avaient surnommé « le bulldozer » ou qu'un Américain estimait que mes dents rayaient le parquet ! J'étais en état de surexcitation, de pure sensation, d'hyperactivité vertigineuse, extraordinairement efficace, et tout ça avec le sourire.

La fable du danger dans notre société, comme ersatz d'existence, est une grande impasse. La prise de risque permanente devient un but. Les sports extrêmes fascinent. Les cadres supérieurs se jettent des montagnes ou d'un pont pour se faire valoir. Comme si la vie n'avait pas d'importance. Suspendre la vie à un élastique et sauter dans le vide est le syndrome d'une toute-puissance illusoire. On s'« éclate » en se jetant de la montagne. J'ai connu cette manière d'être qui fait peu de cas de la vie.

Dans notre société marchande, les plus adaptés au système de la concurrence l'emportent, au risque de marginaliser jusqu'à ceux qu'ils aiment. Aujourd'hui, vu de mon fauteuil, je regarde cette foire d'empoigne. Que la société est dure, violente ! Tant de personnes sont hors course, qui voudraient courir encore ; elles ont été éjectées du circuit. « J'aimerais tant »... Combien de fois ai-je entendu ce regret terrible ? Notre société semble tellement peu adaptée aux aspirations individuelles. Comme si c'était aux personnes de s'adapter à la société, à la logique implacable de ses mécanismes qui s'imposeraient à l'individu.

Dans le Toi et Moi, il y a nécessairement une éthique de valeurs partagées, de moralité, différente de la logique du marché « parfait » qui consiste à dire que chacun trouve son intérêt dans un échange avec l'autre. « Gagnant-gagnant » prône-t-on, grâce à la vertu d'une théorie économique infondée, celle de l'« optimisation des satisfactions personnelles ». Comment ne pas voir l'amoralité de cette relation à l'autre, où l'un cherche – soit par connaissance d'une information que l'autre n'a pas, soit par tromperie ou violence – à « profiter » de l'autre ? Avant l'accident, je n'avais pas perçu la perversité de notre modèle de développement ; pris dans l'agitation des échanges, des déplacements, des parts de marché, j'en avais oublié d'interroger ma conscience.

Le profit, et son aspect dévoyé d'aujourd'hui, a sombré dans l'amoralité et le gangstérisme. C'est une économie de casino dans laquelle les acteurs, censés vous satisfaire, vous grugent sans la moindre vergogne, au nom d'intérêts d'actionnaires à optimiser. Il ne peut y avoir de rapport à l'autre sans éthique. L'éthique doit être appropriée, et pour la faire sienne il faut s'arrêter, faire silence. Le bruit et l'agitation sont les sources de la spoliation et de tous les vices.

Au début de l'histoire humaine, nous devions reconnaître la force de la création, accepter ses contraintes. À la Renaissance, l'homme s'est fait l'égal de Dieu. Aujourd'hui, nous nous considérons au-dessus de la création. Quelle illusion ! Nous croyons sortir de la réalité de notre condition humaine, alors que la finitude est nôtre dès l'origine. Il y a tellement de signes extérieurs dans la société qui nous font croire que rien ne peut nous toucher ; nous nous laissons bercer d'illusions. Il y a une sorte de griserie à ce jeu de toute-puissance, et nous finissons par croire que c'est la réalité.

J'ai connu ce piège : en apparence, tout me disait que j'étais dans la bonne direction, tous les indicateurs étaient bons. Sauf que j'étais dans l'erreur et que la réalité m'a rattrapé.

Voilà celui que j'étais auparavant, avant ma chute. Je vivais à cent à l'heure, et plus encore : croyez-vous que j'avais le temps de m'occuper de l'autre proche, sans parler de l'autre, anonyme, lointain, qui aurait pu me déstabiliser dans mes confortables certitudes ?

3
Cher grand-père

L'homme qui m'a marqué le plus profondément est mon grand-père, Robert-Jean de Vogüé. Il dirigeait les champagnes Moët & Chandon – maison fondée en 1743 – dont il avait épousé une des héritières. Sous l'Occupation, il avait été arrêté pour fait de résistance, et condamné à mort en même temps que le représentant du syndicat communiste de son entreprise. Transférés au stalag IX A dans la forteresse de Ziegenhain en Allemagne, en vertu du décret Nacht und Nebel, ils étaient promis à une exécution pour atteinte au Reich. Fort heureusement, les deux résistants survécurent. À son retour, au milieu de l'année 1945, mon grand-père ne fit jamais mention de sa détention, et retourna rapidement en Allemagne pour témoigner à Nuremberg en faveur d'officiers allemands qui s'étaient comportés avec dignité. La seule trace de cet épisode était sa main droite, longue et fine, où il manquait l'index qu'il s'était sectionné pour éviter la gangrène.

Remis de sa captivité, il orienta résolument son entreprise dans une nouvelle voie, et organisa la région de Champagne sur un modèle unique au monde. Dans son entreprise, il appliqua les résolutions du Conseil national de la Résistance, qui préconisait la participation du Collège des cadres et des ouvriers et employés aux décisions et aux fruits de l'entreprise. Chaque cadre, service, groupe d'ouvriers et d'employés, voyait sa contribution évaluée de concert avec un cabinet d'expertise agréé par les parties. Très rapidement l'entreprise Moët & Chandon versera en moyenne le double des salaires pratiqués dans les autres maisons de Champagne et l'échelle des salaires se resserrera entre les cadres dirigeants et les ouvriers et employés. Il fut surnommé par ses pairs le « Marquis rouge », ce à quoi il répondait avec malice que c'était son frère aîné qui était marquis ; il ne refusait pas la couleur ! Il considérait que les privilèges dont il avait bénéficié, comme ses ancêtres, dont la lignée remontait au XIe siècle, avaient pour contrepartie la défense des intérêts de ceux dont il avait la charge.

Dans la région, le grand-père organisa la profession du champagne au sein d'un Comité interprofessionnel des vins de Champagne, qu'il présida avec le patron du Syndicat des vignerons. Une génération plus tôt, en 1911, la région avait été le théâtre d'émeutes de la faim, matées par l'armée, tant la misère y régnait, sauf pour les propriétaires des maisons de champagne. Il fit accepter par ceux-ci que chaque année un prix minimum du kilo de raisin soit garanti aux vignerons. En contrepartie, ceux-ci s'engageaient sur un travail soigneux de la vigne, augmentant la qualité de leur raisin.

D'entreprise de taille moyenne, Moët & Chandon devint rapidement la première maison de champagne, deux fois plus importante que la suivante. La qualité de ses productions et la renommée de ses cuvées spéciales (Dom Pérignon, les millésimés) augmentèrent considérablement le prix moyen de vente, permettant une politique d'expansion vigoureuse, pour constituer la base de ce qui allait devenir le premier groupe du luxe dans le monde : Moët-Hennessy – Louis-Vuitton, autrement dit LVMH.

Dans son esprit, la valeur de ses marques ne pouvait s'établir que sur une appellation de « champagne » irréprochable. Par pragmatisme, et avec détermination, il fit rétribuer tous les acteurs de son entreprise, qui par leur motivation contribuèrent à la qualité et à l'image de la marque. En faisant des vignerons de la Champagne des millionnaires, en contrepartie des soins qu'ils prodiguaient à leur vigne, l'appellation « champagne » devint incomparable. Pour obtenir ce résultat, il considérait qu'un accord devait être trouvé, dans l'intérêt de toutes les parties, par la négociation et le respect des interlocuteurs.

J'avais fait mienne cette éthique de l'entreprise, et je ne la retrouve pas aujourd'hui dans les excès de la finance et la boulimie des actionnaires.

Après mon baccalauréat, je m'installai en Champagne pour mes études universitaires, et je ne manquai pas une occasion de retrouver mon grand-père, qui aimait me titiller sur mes opinions très marquées par Mai 68. Il devait rédiger, juste après avoir quitté la présidence du groupe, un petit livre aujourd'hui épuisé : *Alerte aux patrons, il faut changer l'entreprise*[1], qui reste mon livre de chevet. Il s'inquiétait de la gourmandise des actionnaires et des dirigeants et de leur incapacité à partager la décision et les résultats, pour assurer la pérennité de l'entreprise. La dédicace m'était notamment adressée : « À mes petits-enfants, pour que l'action continue. » J'ai repris cette dédicace pour mes propres enfants sur mon livre *Le second souffle*, paru en 2011, à l'occasion de la sortie du film qui s'en inspirait et qui allait devenir un succès mondial.

1. Robert-Jean de Vogüé, *Alerte aux patrons, il faut changer l'entreprise*, Grasset, 1974.

4
La fracture

Dix ans après la mort de mon grand-père, je rejoignais le groupe, devenu financier en 1985. En 1992, le groupe LVMH se trouve être propriété d'un actionnaire qui deviendra la première fortune de France avec plus de 25 milliards d'euros d'actifs. Dans les années 1990, le groupe doit faire face à un ralentissement de la conjoncture et décide de licencier dans sa branche champagne, puis plus tard dans celle du cognac. Pour la première fois depuis la guerre, des centaines de salariés et employés sont mis au chômage. La brutalité et la déshumanisation des exigences d'une rentabilité financière à court terme et d'un manque d'anticipation de la direction générale me bouleversent. Ce « massacre des Innocents » remet en cause mon adhésion au développement économique à n'importe quel prix. Cette injustice me traumatise.

Cette brutalité économique n'est pas en accord avec l'éthique héritée de mon grand-père. Une éthique teintée de bon sens, qui garantissait la stabilité de l'emploi tout en assurant la stratégie de développement de l'entreprise.

Avec la violence de ces licenciements secs, à court terme, décrétés à Paris, je découvre qu'il y a des personnes menacées. Face à moi, se trouvent ces femmes et ces hommes fragilisés, qui travaillaient parfois en couple dans l'entreprise : qu'allaient-ils devenir ? Lorsque tout marche, ce sont des chiffres, des bilans, des conquêtes. Il faut gérer de temps à autre quelques problèmes personnels, mais bien peu. Lorsqu'il faut sabrer les effectifs, on découvre des drames humains qui se profilent, répétés à l'infini.

C'est dur, je n'étais pas préparé à cette violence infligée : tout me réussissait, et me voilà confronté à l'échec. Je me pose des questions, je me fissure. Avant de penser aux autres, à l'autre, c'est d'abord ma propre personnalité de gagneur qui est touchée. Tout n'est donc pas qu'un jeu. Je suis déstabilisé par cette brutalité ; je m'échappe dans des vols en parapente de plus en plus audacieux.

Le 23 juin 1993, je m'écrase contre la montagne. Depuis, je suis totalement paralysé, des épaules aux doigts de pied.

Le tournant de mon existence aurait pu être cet accident. Ma course en parapente s'est terminée dans un grand fracas : je suis cassé, tétraplégique. Nouvelle impression d'échec, de faillite. On peut me croire à terre, mais ce n'est encore qu'une fissure dans la carapace. J'étais encore prisonnier de mon idée de réussite, de toute-puissance.

Mon épouse Béatrice est à mes côtés quand je me réveille au bout de trois mois de coma. Immédiatement, les réflexes reviennent : puisqu'il faut faire avec ce corps inerte, je serai le meilleur des handicapés ! Et « ça marche » : je suis un battant, efficace. Je suis « debout » avant tout le monde, je récupère à grande vitesse. Aucun médecin n'avait jamais vu pareille « résurrection » ! L'accident n'a pas suffi : l'armure est craquelée, mais le coup n'a pas fait craquer le bonhomme, trop sûr de lui. Je suis toujours moi-même, ce type un peu bancal maintenant, qui ne marche plus, mais qui, dans la tête, vit avec la même énergie. Sur mon lit, en service de réanimation, je reprends la main, je décide, je réclame les dossiers, je donne des instructions. Je n'ai pas conscience que je ne fais déjà plus partie de l'entreprise.

L'accident de parapente, la fin d'une brillante carrière : rien ne sera comme avant. Je rumine le constat d'échec. Ce combat inutile m'empêche parfois de voir combien Béatrice est affaiblie. Elle doit se battre, de son côté, contre un méchant cancer qui l'épuise et finira par l'emporter. J'ai peur pour elle, mais je ne veux pas voir la réalité. Je n'imagine pas la vie sans elle. Rien que toi et moi, Béatrice et moi. Je suis bouleversé par cette évidence. Comment survivre ? Nous avons passé des heures, des jours entiers, tous deux couchés, Béatrice et moi. Le temps s'écoule, côte à côte, alors que sa vie s'éteint et que je ne suis plus qu'un corps inerte. J'assiste impuissant au déclin de Béatrice.

Dans ce Toi et Moi cloués au lit, épuisés, inertes, il y a encore la vie. Intérieurement, quelque chose se passe. Je sais, aujourd'hui, que c'est à cette époque que je me découvre, que germe ce nouveau Moi. Je reste encore très encombré d'agitation, d'inquiétude, d'orgueil ; je n'ai pas encore la simplicité qui m'aurait permis, avant qu'il ne soit trop tard, de considérer Béatrice dans sa grande vulnérabilité.

Très croyante, Béatrice est accompagnée par un groupe de prière. Je vois avec étonnement que la relation entre Toi et Moi peut exister. Toi et Moi, ce n'est pas seulement deux personnes. Toi, c'est l'autre ; ce sont aussi les autres. C'est le rapport aux autres.

J'assiste une première fois, un peu contraint, à cette rencontre : Béatrice et moi, nous sommes allongés, et les personnes nous rejoignent simplement. Ce sont des couples ; ils lisent les Écritures, échangent sur des sujets graves, parfois avec légèreté. J'ai toujours considéré la Bible avec une certaine suspicion, au mieux avec désintérêt. Pensionnaire dans une institution religieuse quand j'étais lycéen, j'assistais à la messe, j'y faisais souvent des bêtises. Je ne me sentais pas du tout concerné.

Cinq ou six couples se trouvent à nos côtés, avec un jésuite, le père René Flament, qui a été éducateur à l'institution Saint-Joseph à Reims et qui était alors aumônier de prison. Il commente les Écritures. Jusqu'à présent je n'avais pas perçu la pertinence de ces textes ; avec le père Flament, j'en découvre l'évidence. Je reste étonné de cette première rencontre ; surpris par la simplicité des propos échangés, la qualité d'écoute dans le groupe, la tolérance à l'égard de l'autre. À la rencontre suivante, je veux en être ; j'écoute avec intérêt, je participe, je donne un avis, certes maladroit et ignorant, mais bénéficiant de l'écoute bienveillante des autres. J'apprends à connaître les différents participants, qui exercent tous de lourdes responsabilités et restent époustouflants de simplicité autour de notre lit. Ils sont là, présents, très proches. Physiquement, bien sûr, puisqu'ils ont disposé des chaises autour de notre lit. Mais surtout, ils se rendent proches par leur écoute et leur extrême attention, leur délicatesse, leur humilité. Il n'y en a pas un qui cherche à démontrer une quelconque supériorité, ne serait-ce que dans la connaissance des textes. Cette proximité me surprend, me soutient, m'accompagne.

5
La mort de Béatrice

Béatrice va mourir. Je suis fasciné : elle n'est pas inquiète ! Sa manière de vivre et de mourir me prend à contre-pied. Je réalise que mon agitation perpétuelle n'est que l'expression de mon inquiétude. Je cherchais à me rassurer dans le bruit et le mouvement. Nous sommes nombreux à réagir comme cela dans notre société anxiogène. Bourrés d'anxiolytiques, agités plus que de raison pour nous protéger de notre condition. S'agiter pour ne pas se poser de questions, pour ne pas nous considérer tels que nous sommes. Je ne dérogeais pas à la règle générale.

Sa mort est pour moi un chagrin terrible. Pas pour elle. Elle vit dans une pièce totalement stérilisée ses derniers mois à l'hôpital, à l'intérieur d'une bulle de plastique qui l'isole, théoriquement, de tout danger extérieur. Je suis derrière des vitres, elle est inaccessible, sauf par le regard. Je lui rends visite chaque jour, grâce à Abdel qui organise les déplacements. Abdel assistera à la dernière année de Béatrice, discret, très présent, toujours disponible.

Je passe tous les sas de décontamination avec mon fauteuil. Elle prie, avec un sourire inoubliable. J'assiste, dans le silence. C'est probablement la première fois de ma vie que je suis un peu dans le silence. Ce Moi qui naît n'a pu exister que dans le silence. Ce silence deviendra plus tard une évidence : pour entrer en relation, le « Je » doit d'abord s'établir dans le silence.

Est-ce par osmose avec ma femme qui sourit et qui meurt ? Elle est très silencieuse bien sûr, il n'y a plus de paroles entre nous. Sa fin est douloureuse. Je gère la fin de Béatrice en battant, comme un chef d'entreprise : tout est fait pour son confort, pour entretenir le moindre espoir. Mais, en moi, j'ai bien conscience qu'il s'est passé quelque chose durant ces mois de silence à la regarder, souffrante, souriante et priant, elle derrière sa vitre, dans sa bulle plastique, inaccessible. Je ne pouvais lui parler, ni la toucher. Nous étions en contemplation.

Le jour où l'hôpital m'appelle en urgence, je prends brutalement conscience que c'est la fin. J'arrive à toute vitesse. Il n'y a plus de précaution pour un environnement stérile : le personnel médical me laisse m'approcher d'elle. Elle comprend, elle doit savoir. Elle sourit toujours. Elle ne dira qu'une seule chose : « Qu'il en soit fait selon Ta volonté. »

C'est insupportable : je ne comprends pas cette confiance mystérieuse. J'ai beaucoup de mal et, en même temps, je suis ébloui. Je navigue entre l'incompréhension totale et le charme de cette élégance mystique : quelque chose m'échappe !

Béatrice, cette autre à nulle autre pareille, était ma raison d'exister. Je m'aperçois, au moment de son départ, que je n'existais que par elle. Je ne la comprenais pas toujours, elle restait inconnue et pourtant essentielle.

Je ne sais pas comment faire avec l'absence de Béatrice. Je n'ai jamais pensé que je pouvais vivre sans elle. En fait, l'autre si proche était ma béquille. C'était ma manière de marcher. Je n'existais que par elle ; quel manque de maturité ! Je voulais réussir pour l'emmener dans ma réussite, sans considérer ce qu'elle pouvait espérer de son côté. Cette fusion immature m'a fait rater une marche.

À l'heure de la mort, le chagrin m'anéantit. J'ai traversé une période terrifiante : Béatrice est absente, je me dilue. Durant les mois qui suivent, je sombre. Mes enfants, à peine adolescents, sont inquiets. Ma fille ne me touche plus, mon fils s'allonge à côté de moi mais ne parle pas. Ils sont à la dérive, et moi je reste au lit, je ne bouge plus ; je suis ailleurs. Les amis du groupe de prière viennent encore, ne se lassent pas, même si Béatrice n'est plus là. Je suis – comment dire ? – en désespoir.

Toutes ces années avec Béatrice sont terminées ; une période s'achèverait-elle ? La vie n'est donc pas sans limites ? C'est une époque de chagrin, d'absence, de dilution. Une psychologue essaie de me faire parler : ce que je suis se déverse là, chez l'autre, quelque part. J'y vois un peu plus clair. Je bazarde mon fardeau sur cette autre. C'est en même temps une période de silence très intense, tout au long des nuits et des jours.

J'ai l'impression de redevenir un peu l'innocent que j'ai été. Je retrouve l'enfance. Je remonte à la source, avant les turpitudes de l'altérité : le regard de l'autre vous oblige. L'enfant est désarmé. J'étais jusqu'alors constamment armé, sur la défensive. Ce grand silence me refonde ; je me découvre, je me désarme.

6
Le Moi nouveau

Le Moi fait son nettoyage intérieur en silence. Je parle comme les psys ! Mais c'est vraiment essentiel de se libérer de ses carcans pour aller vers l'autre. Il m'a fallu du temps pour me débarrasser de ces vieux oripeaux égoïstes, pour mettre à terre tous ces châteaux, ces drôles de forteresses, ces hautes murailles que j'avais édifiées pour me protéger de l'autre. C'est indispensable pour revenir à une certaine innocence, pour vivre enfin.

Depuis l'accident, je souffre et c'est désagréable. Aujourd'hui encore, je suis souvent dérangé par cette douleur pour le moins... inconfortable. L'extrême silence se conjugue alors à une grande fragilité ; il me faut descendre en moi, à des profondeurs que je ne soupçonnais pas. Je découvre que j'ai un corps fragile, que je dois ménager. Pendant toute la première partie de mon existence, j'étais par trop détaché : il me fallait revenir au présent, cesser de me projeter. Un peu forcé par mon handicap, j'ai remis les compteurs à zéro : je suis revenu à la réalité de notre condition humaine. Cette plongée abyssale fait advenir celui que je suis maintenant. En fait, je suis revenu sur terre !

J'ai fait l'expérience d'un présent déshabillé, disponible : quelle surprise ! Je suis là, beaucoup moins encombré, débarrassé de l'avenir. Durant toutes ces années d'apprentissage de moi-même, je suis resté très douloureux, allongé dans mon lit bruyant à cause de la soufflerie du dispositif anti-escarres[1]. Après deux années passées à l'hôpital après mon accident en 1993, je me retrouve seul dans ma chambre. Impression de vide et d'entière disponibilité. Je suis dans mon plafond : il y a de quoi sourire, mais c'est fou ce qu'on trouve dans un plafond ! C'est un miroir qui vous restitue ce que vous êtes. Au plafond se déploie mon nouveau Moi, moins centré sur lui-même, plus intérieur et désarmé, prêt à la rencontre.

La grande fragilité, l'incertitude du lendemain, rendent le présent très prégnant, palpable, concret. Aujourd'hui encore, quand il n'y a plus que la souffrance, le silence, j'entre à vif dans le présent. Paradoxalement, j'y trouve un trésor : je peux alors vivre l'instant. C'est prétentieux, mais j'entre dans le « temps ».

---

1. Pour empêcher la formation des escarres, on installe les personnes alitées sur un matelas à air propulsé, ou à eau.

Vivre au présent change tout. L'instant, c'est les autres. Lorsque je vis pour le lendemain ou dans la planification, l'anticipation, je ne vois pas les autres. Ils passent, et je passe devant. Je suis ailleurs. L'autre n'existe pas quand on est dans le bruit et l'agitation : il n'a rien à y faire, il n'a pas sa place.

Je suis immobilisé, sans projet ni bruit. Je recommence à vivre, autrement, avec plus de densité, disponible. Alors que durant les premières années de souffrance, je voulais être seul, je suis maintenant très heureux d'avoir quelqu'un qui rentre dans la chambre.

Je ne suis pas un autre, c'est bien le même. Mais je suis enfin présent. Désencombré. C'est un mot à double sens : être « désencombré » est essentiel pour un tétraplégique, parce que le grand risque pour nous est d'être encombré pulmonaire, ce qui mène à l'étouffement. Abdel devait me frapper le torse pour me dégager les bronches. Au figuré, comme très concrètement, il me faut me détacher et je passe mon temps à me désencombrer pour être disponible.

Enfin libéré, je découvre des amis autour de mon lit, notamment dans ce groupe de prière qui, fidèlement, continue de m'entourer. Ce n'est plus un « collectif » mais une communauté d'individus, que j'apprends à connaître, où chacun a sa place. Je suis sidéré de découvrir l'autre, les autres, c'est-à-dire chacun, un par un. Je me rends compte qu'ils me devancent dans ce respect de l'autre : jamais ils ne se coupent la parole.

Oserai-je l'avouer ? Je découvre que les autres ont des choses à me dire. Auparavant, j'écoutais, certes, mais curieusement je considérais au fond de moi que j'avais toujours raison et rien à apprendre. Et s'il y avait une part de sens dans ce que partagent les autres ?

C'est à cette époque que je peux plus facilement sortir, pris en charge par Abdel. Je me balade en fauteuil et je croise des gens. Peut-être me regardent-ils différemment, mais mon regard change aussi : il n'y a pas d'autre but que prendre l'air, croiser la foule, sentir la ville. Aucun objectif. Nul besoin de me battre, de courir, de « vouloir » ! Je trouve enfin une manière paisible d'être au monde.

7
Bas les masques !

Si j'ai profondément changé à la suite de mon accident, je suis pourtant bien la même personne. La course à la réussite avait escamoté celui que j'étais vraiment. Il faut dégager la source intérieure, se recentrer. Revenir à soi, peut-être ?

Dans l'immobilité et dans le silence, je me suis retrouvé. L'agitation de la société moderne avait estompé mon identité. J'y ai aussi découvert l'extraordinaire richesse de l'inaction, alors que j'avais toujours considéré que la vie était dans l'action. Voilà qui est profondément révolutionnaire et anticonformiste ! L'inaction est une richesse inouïe. Les méditatifs, les moines le savent bien. Il y a une richesse à ne pas être acteur. Jouer son rôle est très envahissant, stressant, tout au plus valorisant aux yeux des autres. Nous jouons parce qu'il n'est pas imaginable de contrevenir aux règles de la société. Où sommes-nous vraiment quand nous endossons un rôle ?

La personne, au sens étymologique, vient du latin *persona*, terme lui-même dérivé du verbe *personare*, qui veut dire « résonner », « retentir », et désigne le masque de théâtre, le masque équipé d'un dispositif spécial pour servir de porte-voix. Comme si la personne était dans le son qu'elle émettait. La personne ne pourrait-elle être avant tout dans son silence, loin de son rôle ?

Quand vous tenez votre place, quelque chose vous mobilise : un acteur est concentré sur son jeu ; nous sommes acteurs en permanence, sauf dans le silence. Que se passe-t-il quand nous nous mettons en retraite, ou en retrait ? Nous allons enfin voir les acteurs au-delà des masques, observer les autres : nous allons pouvoir être avec eux. Pour cela, il faut rester un peu passif, silencieux, immobile. Laisser l'autre nous donner la réplique. Tout à coup, tout nous apparaît ! J'en sais quelque chose : dans ma vie de marche forcée, ma vie d'avant, je ne crois pas avoir authentiquement rencontré quelqu'un. Même Béatrice pour qui j'avais tant d'admiration. J'aurais dû être plus à son écoute. Si vous êtes en perpétuel mouvement, vous ne verrez rien, vous n'entendrez rien. L'autre ne se révèle qu'avec l'arrêt sur image. Sinon, tout est flou, la rencontre est ratée.

Bas les masques ! J'ai retrouvé le vrai timbre de ma voix, de ma personne, profondément heureux d'être passif parmi les autres, sans défense, à nu. C'est difficile dans notre société de faire passer cette idée que le bonheur n'est pas d'être acteur mais d'être seulement soi, présent. En vérité, c'est la seule manière de pouvoir aller vers l'autre.

Pourtant, dans ma vie d'avant, je n'avais pas l'impression de tricher. Je n'avais pas l'impression de tenir un rôle. J'étais très bien dans mes baskets ! Je répondais sans doute aux impératifs de la société : toujours plus ! Je lançais toutes mes forces dans l'action, je réussissais, j'étais important ! Mais cette obésité du Moi est étouffante. De loin, de l'extérieur, je trouve aujourd'hui cette course effarante. Que de stress généré ! Cette folle ambition place les uns et les autres dans une tension terrible, dans l'insécurité. Pourquoi cet appétit ? Cette boulimie de réussite crée l'envie, la jalousie, l'égoïsme. L'autre n'est qu'un concurrent ou un instrument.

La société nous met en compétition permanente. J'aime la pratique sportive quand elle me pousse à me dépasser. Mais qu'en est-il de la concurrence économique, sociale, où c'est un combat à mort ? C'est Lui ou Moi, dans une perpétuelle inquiétude : où est la rencontre entre Toi et Moi ? Comment peut-il y avoir rencontre entre Toi et Moi lorsque l'autre est perçu comme un risque, un danger, un concurrent ?

Ma découverte de l'autre a été quelque peu « aidée » par les évènements. Se tenir immobile, dans le silence, attentif : j'étais contraint à la « Pause Pozzo » ! Cette désactivation de soi-même n'est pas un effacement total. Il s'agit d'être réceptif. Suspendre le temps pour permettre l'apparition de l'autre : il ne sera disponible ou visible que dans un certain retrait de ma part, un certain silence personnel pour pouvoir entendre l'autre, le regarder. Il y a un véritable bonheur à être simplement en lien. C'est extraordinaire de percevoir tout à coup qu'il y a quelqu'un, qui n'est pas tout à fait comme vous, même parfois très différent.

Pourquoi nos rencontres sont-elles si facilement ratées ? Quand nous voulons nous imposer, prévoir ce que la rencontre va donner, l'autre n'a pas de place. Inconsciemment, nous pouvons créer un climat menaçant, alors qu'il faut laisser l'autre venir à nous, lui laisser la parole. Bien sûr, je donne des conférences, je m'exprime dans les médias, mais je suis beaucoup plus silencieux désormais. J'adore écouter les gens ! Nous contribuons à plus d'humanité en laissant l'autre se révéler plutôt qu'en essayant de nous imposer. Écoutez donc les autres : il y a une richesse inouïe dans le monde !

8
L'intime

Les relations à l'autre ne sont pas monolithiques. Il y a toute une typologie des Toi et Moi qui va de l'intime à l'étranger.

Le premier Toi, c'est le plus intime. Celui de la sensualité, celui qui vous touche, physiquement et émotionnellement, dans la compagnie duquel vous êtes le plus souvent. Votre personnalité est marquée par cet autre tellement familier. C'est l'épouse, ce sont les enfants. Ce sont aussi certains membres du clan, de la famille. Ces autres-là vous touchent dans tous les sens du terme. Un rapport presque charnel, sensuel, s'est instauré, qui ouvre à l'émotion. Vous ne pouvez pas vous définir sans mentionner ce contenu de l'autre qui est tellement vous. Autant que de transparence, il s'agit d'influence, d'intelligence de l'autre dans sa construction de soi.

L'autre intime, c'est Béatrice, depuis trop longtemps disparue, Khadija, l'épouse. Malgré les années de connivence, de joie, de souffrance et d'épreuves partagées, elles restent délicieusement un mystère. Cet extraordinaire « autre » insaisissable fonde le côté inaliénable d'un individu. Reconnaître chez l'autre ce mystère de l'individu, pourtant considéré comme transparent, c'est accepter pour soi-même de ne pouvoir avoir une explication à sa propre personnalité. Ce mystère de l'autre, reflet du mystère personnel, est à cultiver avec délectation. Même si les connaissances de la psychanalyse ont pu soulager certains de ces mystères pesants, vouloir tout expliciter est déjà tricher ou mentir un peu. Cette fréquentation de l'autre intime nous fait accepter notre Moi inconnu et cette résonnance de deux mystères chargés de tant d'existence commune est sûrement un des grands bonheurs du partage intime. Tout au plus la composante de ce mystère partagé évolue-t-elle avec le temps intime. La confiance réciproque qui pouvait être très chargée de passion devient nourrie d'entendement.

Béatrice était très croyante et sa relation à l'Autre, le Tout-Autre qui me dépassait, faisait partie de notre intimité ; je L'accueillais, puisqu'indissociable de Béatrice. De même qu'elle percevait dans mon silence en la matière ma part de transcendé, de non élucidé. De cette autre très intime, je garde le souvenir ébloui d'une grâce inouïe, une douceur extraordinaire. Son intelligence, sensible, émotionnelle, m'a fait percevoir combien ce que mon exigence de « clarté intellectuelle » pouvait avoir parfois de stérile. J'ai fini par accepter, et même rechercher, l'intuition fulgurante qu'elle savait ou qu'elle comprenait, sans nécessairement expliciter. Béatrice savait toute l'économie d'un silence. Une indulgence immédiate, qui s'affermissait par une exigence de principe. Trop longtemps je n'acceptais pas l'approximatif, l'absence d'énoncé, jusqu'à enfin percevoir la pertinence d'une incertitude convaincue et souvent silencieuse.

Le goût de la beauté nous réunissait, Béatrice, Khadija. Qu'est-ce que la beauté si ce n'est une inspiration et, pour Béatrice, pour Khadija, une évidence ? Comme si la beauté, qui est au-delà du domaine des mots, était le plus approprié pour l'intime. Nous avons une même passion pour les arts, la musique, la peinture. Partager l'intérêt de l'autre est une école d'acceptation de la différence et de la tolérance. Cette passion commune pour la beauté est source de complicité, au-delà des mots, de partage de l'indicible. Dans la pertinence de l'autre nous abandonnons plus facilement notre méfiance, nos barrières, nos craintes.

Cette relation intime est une pratique de l'influence consentie, sans inquiétude. Après avoir expérimenté le bonheur d'être sous influence bienveillante et riche, il n'y a plus d'abandon de souveraineté. Je me nourris en étant en condition de réception plutôt qu'en état d'imposer. Lorsque je m'éclipse, l'autre m'enrichit, et inversement.

Dans nos sociétés individualistes, où le Moi semble se déplacer dans une cohue d'autres, reconnaître le Toi intime, c'est accepter d'être modifié profondément par cet autre. Cette acceptation de la transformation, sous l'influence bienveillante de l'autre, est un chemin de complétude. Dans nos sociétés anxiogènes, la thérapie de la proximité d'un autre très cher est garante d'apaisement.

9
Le familier

Toi et moi avec les visages de la camaraderie, de l'amitié, de la confiance, c'est le Toi et Moi de la familiarité. Ce deuxième cercle réunit ces autres que j'affectionne particulièrement. Il ne nécessite pas forcément le nombre des années ; cette relation de confiance est celle de la proximité chaleureuse.

Aujourd'hui, mon cercle de familiarité a été enrichi par l'autre en fauteuil. Ce n'est pas cet accessoire qui détermine cette relation de familiarité : être en fauteuil tous deux a peut-être favorisé la relation en éliminant un certain nombre de barrières. On s'est accepté sans fanfaronnade. Ce cercle de familiarité se définit dans la simplicité avec l'autre. Pas de place ici pour la démonstration.

À l'image de l'intime, l'ami est digne d'une absolue confiance. Chaque rapport à l'ami diffère selon les circonstances de l'amitié ou les parcours.

Un de mes premiers souvenirs partagés avec Antoine, un parent corse, remonte à notre enfance au Maroc. Nous jouions dans un coin du jardin poussiéreux à retourner les scorpions avec des baguettes de bois ou à plonger dans les vagues de l'Atlantique. Nous nous sommes perdus de vue pendant de nombreuses années, lui tout engagé dans l'action pour sa Corse adorée, et moi de mon côté avec Béatrice, aux États-Unis. Il s'était retrouvé avec son épouse et nos amis autour des derniers moments de Béatrice et durant les dix années de prières et de lectures, partagées avec d'autres couples, qui suivirent la disparition de mon épouse. Aujourd'hui il retrouve toujours ce groupe d'amis : moi, je ne peux, de mon lointain Maroc, y assister qu'en pensée. Très discret, attentif à l'autre, toujours inquiet de mon état, Antoine me téléphone régulièrement. Je prends plaisir à l'interroger sur ses projets corses, ses analyses politiques, les bonheurs d'être grand-père.

Tout à l'inverse est l'ami exubérant, Yves, rencontré autour d'un projet de vol en parapente depuis le sommet du Lhotse, dans l'Himalaya, à l'occasion d'une expédition d'un des grands de l'alpinisme, Jerzy Kukuczka. Celui-ci devait se tuer à quelques centaines de mètres du sommet. Yves m'invita, avec Béatrice, à séjourner dans le chalet qu'il avait aménagé avec son épouse, dans les montagnes de Savoie. Nous devînmes rapidement le trio de parapente, avec l'ami Max, chirurgien, qui devait me

« récupérer » lors de mon crash de juin 1993, et dont les décisions me sauvèrent la vie.

Depuis plus de vingt-cinq ans nous sommes complices. Que de rires, d'histoires à dormir debout, de fêtes déjantées partagées. Les deux compères sont venus pour le réveillon lors de mon hospitalisation récente à Nantes. Tous les reclus du service avaient été conviés à un buffet concocté par les deux comparses et leurs épouses dans les couloirs de l'hôpital. Certains étaient en lit, tout récemment accidentés, avec un moral dans les chaussettes. Quelle fête, que de blagues sans fin, sans queue ni tête, qui ont fini par créer une hilarité générale. Une première dans les annales de l'hôpital !

Souvenirs, souvenirs, comme ces journées magnifiques à parcourir les sommets, survoler les hardes de chamois, voler en rasant les cimes des forêts, s'enrouler dans les ascendances, courser les buses, se poser comme un papillon sur l'herbe grasse, et refaire le vol avec les amis dans d'interminables commentaires et éclats de rire. Ces aventures partagées ont été le ciment initial de cette amitié, qui aurait pu s'arrêter avec l'accident.

Yves a toujours été présent depuis, ne pouvant s'empêcher de me remettre en selle après la mort de Béatrice, par quelques vols tonitruants en double. Il me faisait partager sa passion de la montagne à travers les écrits qu'il publiait. Il nous recevra plus tard avec ma femme Khadija – et son épouse Chantal, une amie tout en finesse et en écoute – dans leur magnifique domaine de Veurey, au-dessus de Grenoble. Je n'ai raté aucun des mariages de leurs quatre enfants, y compris celui d'Étienne, le dernier, que je m'étais promis de faire épouser à ma fille Laetitia. Sans succès ! Yves est venu de Grenoble tous les mois de ma récente année d'hospitalisation à Nantes ; j'avais un coup de fil tous les soirs pour prendre des nouvelles et m'encourager. Quand Chantal nous a invités, plusieurs mois à l'avance, à l'anniversaire-surprise d'Yves, je lui ai répondu que je viendrais à quatre pattes s'il le fallait. En me voyant débarquer, Yves a pleuré !

Avec ces amis, nous pouvons tout nous dire. Avant l'accident, j'avais de nombreux copains, connaissances, relations, et quelques rares amis. Après ma chute, il y a eu beaucoup de vrais amis. Pour certains, nous nous connaissions déjà ; pour les nouveaux, la fracture, la souffrance, la différence acceptée ont simplifié les relations. Il n'y avait plus que le plaisir d'être ensemble, sans volonté de convaincre, séduire ou dominer. Peut-être cette facilité à se lier d'amitié est-elle liée à l'immobilité qui rend attentif, et m'a permis de (re) connaître l'autre…

Ces amis ont beau être des familiers, ils me surprennent encore. Ils forment la garde rapprochée, et nous nous enrichissons mutuellement. Je les aide à prendre conscience de leur fragilité, alors qu'ils exercent souvent de hautes fonctions. Il leur est parfois difficile d'accepter de se ménager, pour pouvoir rester pertinents dans leurs responsabilités !

Ils veillent à mon mieux-être, pas seulement physique ou matériel. De mon côté, je suis à l'écoute des autres. Je suis celui qu'on retrouve là où on l'a laissé – pour paraphraser Abdel –, toujours disponible. Cette faculté que j'ai de revenir dans ce monde valide avec mon habit de handicapé tranquillise ces amis du monde actif et console les nouveaux amis en fauteuil. Tous ces amis sont inouïs et précieux : on s'arrête pour l'ami. On écoute quand il appelle, et lui il sait écouter. L'ami ne cherche pas forcément réponse à tout. Il ne vous renvoie pas à votre problème sous couvert de votre bon vouloir.

On entend trop souvent cette réplique négligente : « Fais comme tu veux, comme tu le sens. » Ce n'est pas digne d'une amitié réelle ! Cette discussion molle où tout est possible, envisageable, indifférent, se cache derrière une grande tolérance qui n'est qu'un refuge, une paresse, ou une certaine appréhension. Il y a de l'exigence dans l'amitié, du courage, du bon sens ; l'amitié mobilise.

De fait, la relation amicale n'est pas de tout repos. Foin des convenances : l'échange est dense. Il n'y a ni but, ni calcul : simplement le besoin de cet autre solide, à qui je peux m'adresser sans fard ni masque. Les amis du parapente ont forcément une place plus intense depuis un certain 23 juin, qui a provoqué une cassure. L'amitié lui a résisté. Ils ont certainement éprouvé une grande culpabilité, que j'ai tout de suite tenté de désamorcer en exprimant le désir de voler à nouveau. Ils m'ont emmené !

Notre amitié aurait pu ainsi s'arrêter le jour de mon accident, comme si l'amitié correspondait à un jeu de rôle, et ne pouvait être dissociée d'une présence physique particulière. Ces deux amis de parapente étaient là avant l'accident, ils étaient éminemment présents lors de l'accident, et ils le sont toujours depuis vingt ans. Dès que j'ai pu, je leur ai demandé une photo de nous trois, que j'ai fait accrocher au-dessus de mon lit de réanimation.

La différence du handicap nous a rendus plus proches. Nous étions des amis de compétition, des copains de virée. Nous étions capables de prendre des risques considérables. Brutalement, nous avons appris que le jeu n'est pas le meilleur mode d'exister !

Récemment nous étions tous trois, avec nos épouses, dans notre paisible résidence d'Essaouira. Khadija nous avait organisé un superbe réveillon ; le champagne Pommery et l'*Ave Maria* de Gounod nous enchantaient. Moment de partage empreint d'une tendresse indicible. Contrepoint à nos folles équipées aériennes…

10
La communauté

Le troisième cercle, qui forme cette épaisseur que j'appelle l'« aère », est l'espace qui vous entoure. Avant l'accident, cet espace était en permanence en mouvement et il était difficile d'avoir conscience de ceux qui s'y trouvaient ; soit ils partaient dans toutes les directions, soit je les emmenais dans mon sillage. Nous nous croisions. Pour qu'il y ait un Toi et Moi, il faut qu'il y ait un arrêt ; il faut se poser. Ce cercle de l'aère, de l'espace immédiat, posé, c'est celui de la tablée, de la communauté.

Nous faisons « partie de ». Il y a comme une chaleur humaine, une vérité dans les rapports. Malgré tous ces Toi et Moi divers de la communauté, avec des rapports amicaux souvent plus discrets, cet espace de contact est celui de l'échange chaleureux. Il n'y a pas de menace, il y a un plaisir à être ensemble.

Cet autre est dans l'aire de mon existence, dans l'air aussi, puisque nous sommes ensemble dans le même souffle, cette atmosphère qui nous entoure et dans laquelle nous vivons, que nous partageons. C'est juste un espace de quelques mètres : au-delà, il n'y a plus de contact. Cet autre de la familiarité, de l'amitié, du partage, de l'écoute, de l'échange, est tout proche. C'est souvent l'autre d'une certaine communauté de vie.

J'ai expérimenté cette impression dans les cantines des hôpitaux, où nous partageons nos repas dès que nous en sommes capables. Nous sortons de l'isolement de la chambre où notre état nous confine. Quel meilleur indicateur de notre volonté de vivre que de nous extirper du lit pour nous « accouder » autour des grandes tables des salles à manger ! Les huit fauteuils peuvent échanger – souvent dans de grands éclats de rire – sur leurs états d'âme, leurs craintes, leurs espérances ou leur découragement. Il y a un apprivoisement de la table partagée.

Je suis frappé par cette communauté de vie avec l'autre que vous n'avez pas choisi et qui se trouve être autour de la table, autour du pain partagé. Peut-être avez-vous besoin d'eux, ou bien ils ont besoin de vous. Ils trouvent un sens à cette tablée, à ce partage quotidien, vécu sur de longues périodes.

L'Arche, de Jean Vanier, est la démonstration de cette autre manière d'être ensemble. Dans les maisons de l'Arche, chaque personne fragile est assistée d'un binôme ; tous se retrouvent à l'intérieur d'un foyer, composé d'une dizaine de fragiles et moins fragiles, dans un partage où la bonne humeur, les plaisanteries, la joie, sont devenues le mode prépondérant d'être ensemble. Il peut y avoir des tensions, des moments de colère ou de souffrance, mais la communauté est à l'écoute et veille à ce que les facteurs qui ont amené cette tension se résolvent. Il est fascinant de penser que la communauté de l'Arche, qui compte des centaines de foyers de vie pour trisomiques et personnes handicapées, à travers le monde, trouve le fondement de son existence à travers toutes ces cultures diverses, toutes ces conditions tellement différentes, dans le partage.

Les communautés Simon-de-Cyrène, que je parraine depuis leur création en 2006, dirigées par Laurent de Cherisey, sont sur le même principe, avec des résidents ayant des pathologies lourdes, des difficultés de communication liées à des insuffisances cognitives, souvent issues de traumatismes crâniens. Il est frappant de voir combien ces êtres, si éloignés de nous, peuvent être un « catalyseur » pour vivre ensemble. Dans les foyers Simon-de-Cyrène, des jeunes du service civique viennent passer un an, voire plus, à accompagner et à s'accompagner eux-mêmes, dans la pratique du respect de l'autre. La fréquentation, le partage de la vie d'autres hommes si fragiles, est source d'émerveillement et peut être une explication à la gaieté qui domine la plupart du temps dans ces moments partagés.

Au sein de la communauté, les appétits s'estompent, le regard de l'autre vous réforme. Dans le groupe, cette notion de réformation du Moi par l'énoncé des autres est une étape de guérison dans une société où l'individualisme forcené terrorise et conduit à un fanatisme que l'anonymat de la collectivité ne peut certes pas tempérer. Ces points de contact des individus et de la société à travers le groupe désamorcent les tensions et les souffrances inutiles.

La communication non conventionnelle liée au traumatisme, l'exercice de dépouillement qu'elle exige de moi m'obligent à me décentrer et oublier le sujet en contrôle que j'avais été jusqu'à présent. Cette passivité est nécessaire pour être disponible à l'autre. Cette considération, cette attention, cette déférence, me permettent de convertir le message que l'autre cherche à me faire passer, en chemin de dignité pour lui ; nous sommes reliés. Cela me rassure quant à mes propres fragilités, mon devenir, ma probable altération à venir. Ces cercles des Toi et Moi de la communauté forment une véritable pédagogie du vivre ensemble.

La communauté est la solution aux maux de notre société. Un petit groupe met à l'aise ; vous pouvez faire confiance à ceux qui gravitent dans le groupe, même si vous ne partagez pas tous les points de vue ; l'habitude de l'écoute rapproche. Bien sûr, nous ne pouvons pas vivre exclusivement dans une communauté – sauf vocation –, mais l'exercice de la communauté rassure et stabilise pour entreprendre ensuite d'autres projets. Dans la communauté on s'apprivoise. Ce n'est pas toujours facile ; ce n'est pas toujours gagné. L'autre se trouve dans les mêmes dispositions que vous, car il a les mêmes appréhensions et il a peur, de vous entre autres. Cette mise sur la table, ce partage, cette écoute, permettent de désamorcer une grande partie des tensions. Il faut se désarmer pour considérer l'autre, les autres autour de la table. Cette ascèse du désarmement, cet exercice de l'autre ne peut commencer que lorsque vous avez un peu fait silence, lorsque vous avez reculé sur vos *a priori* ; c'est un facteur de bien-être considérable.

La froideur des grands groupes d'individus anonymes nous conforte dans notre crainte, nous hérisse de préventions, et justifie toutes les mystifications, tous les extrémismes, tous les comportements inhumains, toutes les exploitations. Confrontés dans le monde aux humiliations liées à la méconnaissance des autres, la communauté nous révèle une manière de nous apprivoiser et de nous entendre. Imaginez une entreprise qui procéderait par groupes, non par coteries, non par cellules initiatiques, mais par étapes de la démystification de l'autre. La reconnaissance de l'autre, le respect des particularités, des individualités, des appartenances, est source d'intelligence. Imaginez qu'au lieu de communiquer dans l'entreprise entre anonymes, à travers des réseaux numériques impersonnels, qui souvent déresponsabilisent, vous ayez une communication par groupes interposés. Chaque individu fait partie de plusieurs groupes selon ses fonctions, ses interférences avec d'autres groupes – les clients, les fournisseurs, les pouvoirs locaux, etc. Cela fonde l'entreprise par la pratique des groupes d'individus. Il y aurait une pertinence extraordinaire dans l'esprit d'équipe, la solidarité, le bon sens, la révision des *a priori*, la diversité des analyses.

Face à l'agression de la société, face à l'incertitude parfois manipulée, la réaction d'un certain nombre est de se mettre en bande. Une bande se constitue contre l'extérieur, perçu comme une menace, qui ne fait qu'accroître les tensions. C'est ce qu'on appelle le « communautarisme ». Il doit y avoir dans la communauté une diversité et une pratique du désarmement.

Dans un lien de simplicité, d'écoute, et bien entendu de confiance, se crée la communauté. Dans un groupe communautaire, extension du binôme – substitut de l'individu roi –, il faut que cette écoute, cette attention, fassent place à un processus de prise de pouvoir différent de ce qu'offre le Moi impérieux.

La communauté recèle un potentiel considérable dans notre société individualiste où l'autre inquiète. Cette prétention du Moi à ne pas considérer les autres, dans leurs particularités et dans leur pertinence, est l'un des grands facteurs de la solitude de nos sociétés occidentales. La communauté est l'apprentissage de l'altérité. Au-delà de l'autre intime, de l'autre ami, il y a une unité de vie.

Dans le Toi et Moi de la communauté, du groupe, il y a l'écoute et le respect ; dans le Toi et Moi multiplié, dans la communauté de confiance, se trouve la logique du pouvoir partagé, d'une participation. La décision deviendrait presque marginale dans l'existence du groupe. C'est dans l'écoute et le désarmement que tout trouve sa source et ses solutions. Il faut induire une certaine cohésion, une participation respectueuse des possibilités de chacun, y compris des moins capables, pour analyser, décider, former, mettre en œuvre, vivre.

Que la confiance est un apprentissage douloureux dans nos sociétés de performance ! Comment faire confiance lorsque l'on se sent menacé par la compétition ? Ce n'est que dans l'apprentissage du groupe que les inquiétudes s'estompent. L'atomisation du pouvoir, son opacité, la désincarnation de la décision, fragilisent l'individu isolé.

La confiance comporte un élément de risque bien moindre que celui que représente la dislocation des individus dans une société anonyme. Que d'anxiété dans ce contexte et que de réassurance dans le groupe où la confiance peut s'établir, même si elle est parfois trahie !

La vie en communauté c'est aussi la gestion des petites trahisons, des résurgences d'inquiétudes.

Tout n'est pas simple dans un groupe, mais rien n'est aussi angoissant dans notre société que l'individu seul. Il y aurait une telle adhésion si les entités que sont les entreprises, les partis politiques, les syndicats, les quartiers, étaient de vrais relais de vie ! Alors qu'aujourd'hui, ces sphères si importantes du vivre ensemble souffrent de la désaffection, du désamour. S'il fallait donner une conséquence à ce Toi et Moi de la communauté, du groupe de partage, c'est celle de l'engagement.

Dans mon expérience d'avant l'accident, j'avais fini par croire que j'étais indispensable dans la prise de la décision. C'est peut-être ça le signe fondateur d'une société réformée : la décision est à la périphérie ; elle n'est pas essentielle. C'est l'aptitude à être ensemble qui va amener comme conséquence la décision. Les Japonais passent des jours autour d'une table avant de décider. C'est cette décantation de la décision, même si c'est – dans le cas du Japon – au sein d'une société très hiérarchisée, qui crée ensuite l'évidence et l'adhésion à la solution. Très souvent c'est d'une extraordinaire efficacité.

Le pouvoir fondateur de l'altérité évite d'imposer un modèle. Cette multiplicité du Toi et Moi à travers les cultures permet la prise en compte des particularités, des spécificités et de l'extraordinaire richesse éclatée des groupes. Ce n'est plus alors un modèle, un individu ou un système qui s'impose par la force, souvent en détruisant. La richesse du désordre naturel de la création, la multiplicité de la société, garantissent la liberté. Entre l'individu et le collectif anonyme, le groupe ou la communauté cristallisent notre réalité. Le Toi et Moi est multiple mais familier. La limite de la communauté étant la capacité à être familier avec chacun.

Au lieu de la terreur imposée sous la contrainte de la performance, de la normalité, de la créativité et du renouvellement à tout prix, le binôme ou l'altérité généralisée doit produire une espèce d'émulation. Plutôt que la réassurance dans le paraître et la normalité, il faut faire place au vrai plaisir d'être ensemble et d'être soi tout en étant ensemble. Il doit y avoir un plaisir d'être.

J'ai finalement appris à me détacher à travers la pratique de l'autre. Ce n'est pas une distanciation, c'est au contraire une mise à disponibilité. Dans ce « vibrionnisme » de toutes ces disponibilités réside l'extraordinaire richesse de ces multiples autres mis en résonance.

11
Le prochain

Enfin, dernier cercle, au-delà de celui des connaissances, se trouve l'autre que je ne connais pas. C'est le prochain. J'aime ce jeu de mots de la langue française : le prochain c'est celui qui est proche, et c'est aussi celui qui va venir. Nous ne savons pas qui sera le premier venu qui passera la porte. C'est le prochain. Comment la relation va-t-elle s'établir avec celui que je ne connais pas, pas encore, que je n'attends même pas ? Avant même qu'il ne surgisse, je peux faire le choix de l'accueillir désarmé. Prêt à toute rencontre.

Ce prochain peut être mon semblable. Ce peut aussi être l'étranger.

Omar Sy a remarquablement interprété le rôle d'Abdel dans le film *Intouchables*. Dans la vraie vie, Abdel est beaucoup plus extrême que son personnage à l'écran ! En fait, quand je l'ai embauché, il venait d'une autre planète, et sa présence à mes côtés a pu choquer mon entourage. Complètement immobile, j'avais avec moi ce gars sans cesse agité, vibrionnant, qui, d'ailleurs, a mis du temps à se poser ! Il a fallu dix ans pour qu'il laisse tomber le masque et puisse enfin être lui-même ! Il est aujourd'hui marié, père de trois enfants.

Cette extrême différence était très amusante ; mais ce qui ressortait avant tout d'Abdel, dès la première rencontre, c'était sa gentillesse, sa capacité d'attention, sa disponibilité, son intelligence. Il répondait aux critères de l'embauche : son histoire et sa différence n'étaient que marginales dans mes critères de choix. J'ai une approche très pragmatique de l'embauche, que je pratiquais déjà dans le monde de l'entreprise. Je n'ai jamais regardé un *curriculum vitae* avant un entretien, pour ne pas formuler des *a priori* qui dissimuleraient la pertinence du candidat.

Abdel était resté silencieux pendant toute l'année qui précéda la mort de Béatrice. Lors de ses obsèques, je le verrai pleurer ; ce sera la seule fois. Je m'installe dans la dépression ; il attendra des mois, vautré dans son fauteuil au fond de ma chambre, que je sorte de mon état d'esprit morbide. Il m'a projeté à nouveau dans la vie sans ménagement. Cette précipitation dans le monde des vivants et des « fous » m'a obligé à m'accrocher et petit à petit à y prendre goût. C'était tellement loin de tout ce que j'avais pu fréquenter ou connaître que ses transgressions ont fini par me réveiller. La vie est repartie grâce aux excès d'Abdel, qui prenait bien soin d'y associer le plus possible mes enfants. La relation à l'autre, tellement inhabituelle dans mes fréquentations jusqu'alors, a été source de renaissance, d'étonnement, d'hilarité, venant s'intercaler dans le chagrin. Une thérapie de choc mais une guérison.

12
Khadija, complice

Rien n'empêche que l'étranger soit le prochain ou devienne le tout-proche, l'intime. J'ai épousé une étrangère. Ce fut une rencontre improbable, une surprise désarmante.

Abdel avait décidé de m'installer pendant l'hiver au Maroc, pour me refaire une santé. Le propriétaire d'un riad, à Marrakech, insistait pour me recevoir, et j'ai finalement accepté au bout de la quatrième ou cinquième invitation. J'avoue que je m'ennuyais un peu dans cette assemblée, fort sympathique au demeurant, quand j'ai été pris d'un malaise violent. C'était sérieux, sans doute très impressionnant. Pas un des convives ne se sentait de taille à me venir en aide : il faut être prêt pour affronter l'inconnu. C'est l'étrangère qui s'est approchée. Elle gérait la maison du propriétaire ; elle s'est penchée sur moi. Elle est restée pendant plus d'une heure à mes côtés, cherchant ce qu'elle pouvait faire, me parlant même si je n'étais pas en état de répondre. Elle m'a apporté, dans un geste infiniment délicat, une confiture de figues. Quel délice ! Alors que mes semblables avaient fui sur la terrasse, c'est elle, l'étrangère, qui m'a remis sur pied. Tout nous séparait : la culture, l'origine, la religion, l'éducation, le milieu. La rencontre a surgi. L'étrangère est devenue l'intime. J'ai épousé Khadija.

Plus de dix ans de vie partagée avec Khadija ! Que d'*a priori* à lever au début de notre vie commune. Dans la famille de Khadija, il était difficile d'envisager ce grand handicapé, d'une autre culture. Je me souviens des réticences de ma chère belle-mère, Lalla Fatima, à me rencontrer. Ce n'est pas faute d'avoir prévenu sa fille de ne pas s'engager dans une telle relation improbable ! Par la suite, même si aucun de nous deux ne partageait la même langue, nous nous estimons avec beaucoup d'affection.

Khadija m'accompagna pour la première fois à Paris à l'été 2004. Elle fut non seulement surprise par le climat pluvieux et glacial de ce mois d'août, par l'absence de cordialité entre les Parisiens, mais aussi par le manque d'empressement des miens. Très rapidement, son charme devait opérer la conversion de la belle-famille et lors de notre mariage parisien, en novembre, la fête dans notre hôtel familial fut splendide. La famille, les amis, les nombreux musiciens qui interprétèrent Mozart, Bach, Schubert, Chopin et les autres, participèrent à l'ambiance festive. Khadija, dans sa grande élégance et beauté, conquit par son sourire engageant. Mon père, pourtant déjà fatigué par sa maladie, échangeait avec Khadija en arabe les mots qu'il avait appris lors de ses séjours en Afrique du Nord. Par la suite, mes parents et mes aînés devaient venir régulièrement nous retrouver au Maroc.

Ma belle-famille de Marrakech est à l'image de ces familles très unies qui caractérisent l'Afrique du Nord. Le clan familial sert de havre de paix et de sécurité, et Khadija animait, comme elle avait toujours fait, ce cercle. L'accueil de mon handicap s'est fait avec simplicité ; les sœurs de Khadija l'assistaient dans mes soins ; un de ses cousins me prit en charge.

L'attitude de la rue marocaine à l'égard de mon grand handicap est faite de gentillesse et de grande simplicité. Le passant prend le temps de m'assister. Il m'arrive de m'installer à l'ombre des palmiers de la place Jamâa el-Fna ; les passants, modestes, viennent déposer quelques menues pièces sur le plaid de mes genoux en invoquant Dieu pour ma guérison. Il m'était arrivé de chuter lourdement sur le trottoir parisien et de ne pouvoir obtenir d'assistance malgré mes demandes répétées. J'ai souvent dû attendre l'arrivée des pompiers ! Si notre Occident pouvait bénéficier, au-delà de ces moyens techniques, de la bienveillance de l'Orient, que de soulagement !

Khadija élevait depuis l'âge de trois ans sa nièce Sabah et c'est tout naturellement que Sabah entra dans ma vie à l'âge de cinq ans. Nous avons partagé de grandes virées dans les souks de Marrakech ; Sabah accrochée à mon fauteuil et grimaçant aux passants qui se permettaient de nous regarder avec trop d'insistance à son goût. Notre petite dernière, Wijdane, aujourd'hui âgée de sept ans, devait reprendre le même rituel dans notre ville d'Essaouira, sur la côte Atlantique.

Khadija prenait plaisir à organiser des concerts de musique classique, et nous visitâmes nombre d'ateliers d'artistes marocains devenus depuis des amis. Que de moments intenses de partage à écouter ensemble une musique qui nous inspirait ! Que de plaisir à étudier ensemble une œuvre plastique et nous accorder sur celle qui nous plaisait à tous deux !

Le regard que Khadija portait sur la France et nos sociétés remit en cause beaucoup de mes certitudes. Khadija s'offusquait que nos vieux fussent si mal considérés, alors que dans la famille traditionnelle marocaine les anciens sont respectés. Le manque de lien familial, d'assistance pour les membres de la famille connaissant un coup dur, l'opulence, l'extrême pauvreté, la solitude des villes lui paraissaient inacceptables. L'arrogance des pays nantis, l'affichage d'un athéisme triomphant, la choquaient. La confrontation de son regard avec le mien nous permit à tous deux de nous enrichir mutuellement et d'élargir notre compréhension du monde. La mondialisation devrait être une opportunité pour découvrir les richesses des autres sociétés et non pas un champ de bataille pour imposer une vision monolithique.

La gestion du phénomène d'*Intouchables* par Khadija fut pleine de bon sens ; Khadija ne comprenait pas la toute-puissance accordée aux médias, leur arrogance. Dans l'islam, il y a une réticence à se représenter en image et, par extension, à être photographié ou filmé pour les médias. Par ailleurs, l'épouse se tient traditionnellement en retrait. Pendant plus d'une année nous fûmes envahis dans notre résidence à Essaouira par des équipes de médias du monde entier. Khadija s'adapta très vite à cette exposition médiatique, répondant à chacun avec beaucoup de bon sens et de dignité. Dans certains cas, l'impudeur, la grossièreté, l'amenèrent à interdire l'accès de la maison à certaines équipes. Malgré les cris d'orfraie suscités par cette décision inhabituelle à leur égard.

Sans la présence de Khadija, je me serais probablement laissé happer par ce tourbillon et l'excitation pourtant peu adaptée à la gravité du sujet abordé.

Vivre aux côtés de Khadija m'a permis

de revisiter ma culture, la société occidentale. J'ai pris conscience de l'impudeur et de la grossièreté de nos mœurs lorsque la jeunesse de Marrakech et d'autres villes s'est trouvée dévoyée par notre tourisme parfois franchement obscène. Les dégâts provoqués par la captation, dans toutes ces familles traditionnelles du Maroc, de programmes scandaleux à travers les paraboles ou l'accès à internet sont sérieux ; Khadija s'inquiète pour l'avenir de nos enfants.

L'enrichissement de nos cultures respectives pendant ces dix ans de partage, l'attention particulière qui nous a été demandée à chacun pour percevoir l'autre, les incompréhensions qu'il fallait déchiffrer, les susceptibilités désamorcées, les blessures pansées, tout fut source d'enrichissement, de jubilation que Khadija exprime si bien à travers son regard et son sourire. Complicité.

13
D'une génération à l'autre

La relation avec nos enfants est particulièrement chargée d'émotion et d'inquiétude. Ce contenu vient rendre délicate la confiance qu'il faut nécessairement leur accorder. Leur dire « je crois en toi » dans ce contexte de charge affective et de peur pour leur sécurité et leur avenir, éviterait qu'ils ne se replient sur eux-mêmes et en viennent à considérer l'autre comme un risque.

J'ai quatre enfants, les deux aînés, Laetitia et Robert-Jean, et les deux dernières, Sabah et Wijdane. Avec l'âge et avec la disponibilité que procure le fauteuil, je suis plus attentif à mes deux dernières, et plus en retrait. Comme j'aimerais revenir pour mes aînés avec cette attitude plus adaptée à l'émancipation des enfants.

Avec la fragilité de Béatrice dès le plus jeune âge de Laetitia, avec le stress de mes responsabilités dans l'entreprise, avec mon agitation, j'ai considéré mes enfants comme un havre de paix et d'émotion.

Ma fille était pour moi une icône, elle m'adorait. L'excès ne construit pas une relation. Après l'accident, tout s'est détérioré. Elle s'est trouvée désemparée : cette enveloppe immobile n'était plus son père. Elle se sentait jusqu'alors tellement en sécurité qu'elle ne supportait plus la nouvelle fragilité de son père. La détérioration de l'état de santé de sa mère dans les mois qui ont suivi mon accident n'a fait qu'accentuer cette impression d'abandon, de perte de repères. Notre lien n'était pas nourri et ne supportait pas le choc.

Mon fils était dans l'admiration : il me percevait comme un modèle. En dépit de mon handicap, il y croyait encore : lorsqu'il était interrogé sur son avenir, il rétorquait invariablement qu'il voulait faire ce que moi-même j'avais fait. C'était étonnant de voir cet enfant de neuf ans capable de me lever comme Abdel le faisait. « C'est moi qui m'occupe de toi », disait-il. C'était impressionnant, filial, fusionnel, mais nous ne savions pas nous parler. Il n'y avait pas de vrai partage. Bien plus tard, nous avons trouvé les mots pour nous parler, nous comprendre, nous écouter. Toi mon fils, toi ma fille… Voilà une relation privilégiée si sensible, si délicate à établir !

Avec mes deux derniers enfants c'est différent : tout d'abord et sans ironie, le handicap me rend totalement disponible. J'ai accompli ma révolution culturelle : attentif autant que possible aux autres, je le suis d'autant plus pour mes deux filles.

J'essaie d'être proche par les mots. J'aime leur transmettre le sens des responsabilités, ma vision de l'autre, l'impératif de la tolérance. Ce n'est pas une morale, mais il est de notre responsabilité, nous, parents, de leur donner le matériau qui leur permettra de donner sens à leur vie : « Écoute ce que je te dis, et fais-en ce que tu veux, mais réfléchis ! »

Je fus un piètre père. Sur le moment, vous ne vous rendez pas compte des dégâts que peut provoquer un manque de relation et de transmission. J'ai l'impression de n'avoir pas vraiment aidé mes enfants à s'inscrire dans le monde.

Il n'est pas souhaitable que les enfants compensent les excès de notre existence. Quand nous sommes avec eux, il nous faut apprendre à nous effacer pour leur laisser toute la place de s'exprimer et de s'épanouir. Les enfants conçus comme refuge d'une société anxiogène ne font que reproduire pour leur génération les excès de notre relation.

Le Toi et Moi du père et de l'enfant est extraordinairement important. Mais quand on est trop occupé par soi-même, il n'y a malheureusement pas de place pour cette rencontre filiale.

Aujourd'hui, je peux donner des conseils aux parents. Il ne s'agit pas d'être grand pédagogue ou même beau parleur : trouvez simplement l'attitude, exprimez votre affection, échangez des paroles. Croire que l'affectif est la seule demande de l'enfant est une approximation dangereuse. Aimer l'autre, son enfant, comme j'ai aimé mes enfants, avec passion, n'est pas suffisant. Il faut s'effacer ; notre responsabilité est de laisser place à l'autre en devenir.

S'il l'aime vraiment, le parent est sommé de se désinvestir de soi pour considérer l'enfant. Qu'est-ce qui peut aider l'enfant à se construire, à faire sens dans son existence ? Dans notre société, l'égoïsme s'immisce même dans la cellule familiale : il domine les parents et abîme l'enfant. Je l'ai vécu ; que de bêtises faites, que d'occasions manquées par appétit personnel, individuel ! J'essaie de me rattraper, mais que d'années perdues !

La génération de mes parents faisait preuve de pudeur dans la communication avec leurs enfants. Les paroles relevaient moins de l'encouragement que de l'éducation. Nous étions trois garçons, nés dans la même année : mon frère aîné, très vite suivi par mon jumeau et moi ! Ma mère était évidemment épuisée, et supportait mal ces enfants terribles. Mon père, toujours sur les routes, était peu présent dans le foyer familial. Dans son esprit, il rendait service à ses enfants en les préparant à la compétition qui dominait dans la société. Cet homme, croyant, extraordinairement bon, ne voulait pas s'engager, par pudeur, dans la relation entre lui et moi, lui et nous. Il croyait que l'exemple suffisait. Nous avions tout ce qu'il fallait ; nous n'avons manqué de rien. Sauf d'une parole : « Je crois en toi. » L'enfant a aussi besoin de paroles de confiance pour grandir.

Pour mon père tout était « bien » ou « pas bien ». Que de pudeur ! Une des grandes responsabilités dans le rapport filial réside dans notre usage de la parole : accepter la transparence des mots ! On ne joue pas avec les mots, on ne triche pas avec ses enfants. Apprendre à être vrai, c'est le plus beau service que nous puissions leur rendre.

Quand la discussion est engagée, les enfants ne s'y trompent pas. La parole est libre et ils risquent de nous renvoyer une image parfois rude. J'ai fui longtemps cette parole de vérité qui sort de la bouche des enfants : j'avais ma parole d'expert, de gagnant, d'analyste économique, d'homme rationnel.

Nous croyons toujours que le monde s'arrête à notre génération. Notre travail de parent, c'est de faire exister l'autre. Le temps passe, nous ne sommes déjà plus là, ce sont eux les maîtres du temps, de l'avenir.

14
L'humilié

J'ai rencontré un autre qui était en apparence très éloigné de nous : Cyrille avait été touché par un polytraumatisme avec comme séquelles un traumatisme crânien et un *locked-in syndrome*, comme Jean-Dominique Bauby du *Scaphandre et le papillon*[1]. Depuis son accident, dix-sept ans auparavant, il était allongé sur son fauteuil, ne pouvait plus parler ni bouger, sauf un poignet

1. Jean-Dominique Bauby, *Le scaphandre et le papillon*, Robert Laffont, 1997.

qui se levait après une chaîne de commandements assez improbable. Après plusieurs années d'hospitalisation en rééducation fonctionnelle, il a fait des progrès sensibles mais son hébergement à domicile n'a pu être maintenu plus d'un an : il a alors été hébergé en long séjour puis en service EVC, toujours soutenu par son épouse, ses trois filles, leurs familles et leurs nombreux amis.

J'ai eu le bonheur de partager un repas avec lui entouré de sa famille. Pour la plupart des gens, cet homme lourdement handicapé ne pouvait plus rien échanger avec nous. Il ne parlait plus, semblait de prime abord ailleurs, mais dès que vous étiez attentif vous perceviez toute sa présence. Pendant trois ans, avec l'aide d'un homme qui lui rendait visite une fois par semaine, Cyrille a entrepris l'écriture d'un livre. Après que Cyrille eut préparé dans sa tête son texte durant la semaine, son « scribe » faisait dérouler les lettres de l'alphabet et, d'un mouvement du poignet, Cyrille arrêtait le curseur sur la lettre désirée ; le texte était dicté, lettre après lettre. Une trentaine de lignes étaient transcrites chaque semaine.

Lors de notre rencontre, sa femme m'a lu, en sa présence, des extraits du livre à paraître. De Cyrille émanait une sorte de joie, de jubilation. Ses écrits étaient absolument époustouflants de lumière, d'intensité, de présence, de souffle. Alors que l'homme était totalement silencieux, enfermé en lui-même depuis dix-sept ans, c'est lui qui nous parlait de la joie d'être, et de la souffrance aussi. Certes, il s'exprimait en pointillés, mais il était des nôtres. Cet autre, tellement lointain, s'est révélé être tellement proche une fois la relation devenue possible ! L'effort fait pour pallier sa communication défaillante permet de déchiffrer son chemin de vérité, de dignité. Il était beaucoup plus présent à la vie que la plupart d'entre nous ! Son livre commence par la première phrase qu'il a dictée après huit ans de silence :

« Je m'appelle Cyrille, je suis vivant, et je veux vivre. »

Si on n'avait pas trouvé le moyen d'accéder à la communication avec Cyrille, on aurait peut-être décidé pour lui que sa vie n'avait plus d'intérêt, et qu'il fallait y mettre un terme ! Quelle leçon !

Condamner les humiliés au désengagement est dramatique. Eux qui sont prêts, plus que d'autres, à la rencontre. Mesurez-vous la disponibilité de tous ces humiliés ? Je les rencontre, dans les hôpitaux, les conférences. Je ne me considère pas comme un des leurs : je suis très abîmé, physiquement ou neurologiquement, mais je suis tellement entouré, privilégié ! Sans doute ai-je approché cet état après la mort de Béatrice, envahi par le chagrin. Les humiliés, en plus de leurs difficultés, de leur handicap, de leur fragilité, sont entrés dans la désespérance. Il est de notre responsabilité de les réintégrer, de les adopter. Dans cette appropriation, cette reconnaissance, que de richesse, que d'intelligence, que de pertinence nous allons percevoir au-delà des recettes toutes faites, dictées par les standards de la pensée bien calibrée de notre société.

Cette humiliation généralisée me taraude. Certains s'adressent à moi en désespoir de cause. Je n'ai rien d'autre à leur dire que de toujours s'intéresser à l'autre : « Regardez autour de vous, il y a d'autres pauvres, d'autres humiliés. C'est en s'acceptant dans nos fragilités que nous allons tisser des relations vraies ! » Je crois à la communauté des pauvres. Deux humiliés vont pouvoir se trouver et s'entraider en confiance. Ceux qui sont en fauteuil, cassés, abîmés, misérables, sans situation, ne s'aiment pas : il faut une sacrée dose de confiance pour remonter la pente et refuser l'image que leur renvoie la société. Un autre abîmé, humilié, va aller vers eux et les remettre en route !

L'humilié ne peut pas rester seul. L'autre qui va l'aider est là. Le premier qui passe par la porte, c'est lui. Ce sera peut-être celui que nous croisons, avec qui nous n'avons jamais tenté une vraie discussion. Un proche, jusqu'alors ignoré, inconnu.

Ce n'est pas facile à dire, mais certains se complaisent aussi dans une forme de désespoir, considérant que personne ne peut les rejoindre véritablement. Je sais ce que la souffrance peut provoquer de distance et de gêne pour ceux qui s'en approchent. À un moment, il faut s'ouvrir, séduire, aller de l'avant. Nos fragilités, mon handicap, la vieillesse, n'attirent pas au premier abord ! Je crois fermement à la communauté des fragiles, des abîmés en tous genres, des types comme moi, brinquebalants et pourtant toujours libres et heureux d'être. Malgré leurs limites – ou serait-ce parce que – ils sont, nous sommes, libérés du joug de la compétition.

Même entre amis, si nous n'y prenons pas garde, se forme une espèce d'arbitrage, de comptabilité, qui peut déboucher sur une compétition, une évaluation, source d'instabilité, d'insécurité. On se sent fragilisé par l'autre et on essaie de défendre sa position. Parfois même cette défense peut amener à marquer des points contre l'autre en occupant son espace de liberté. Cette aliénation est réelle. Ce n'est pas un monde imaginaire : l'agression institutionnalisée génère de l'humiliation dans nos relations sociales ou professionnelles. Pour dominer, pour ne pas souffrir la comparaison, vous occupez l'espace au risque d'humilier l'autre. La société devient un monde d'humiliés ; humiliés par les exclusions – et combien se sentent pauvres, hors-normes, fragiles, inutiles ? Exclus à l'intérieur même de la société ; dans le système productif, économique, l'humiliation est généralisée. Combien, sous la menace, le mensonge de la publicité ou la terreur d'une exclusion, aliènent leur propre jugement, leur propre liberté, pour survivre dans un monde qui ne les respecte pas ? Cette société d'aliénation crée un immense sentiment de désengagement, génère la frustration, la maltraitance, provoque des perdants en soif de revanche. C'est une agression du Toi et Moi par la société de la possession, de la performance et de la normalité. Il ne faut pas chercher beaucoup plus loin la source de beaucoup de conflits entre peuples. Bien sûr, au-delà des intérêts vitaux, c'est l'humiliation de l'histoire qui crée le conflit potentiel.

Ce peuple des humiliés est immense. Il l'est d'autant plus que la norme érigée par la société vient dominer l'individu, marginalisant des pans entiers de la population. Cette majorité humiliée me semble beaucoup plus nombreuse aujourd'hui, peut-être parce que je vis avec tous ces fragilisés et ces exclus.

Souvent, la fragilisation naît d'une exclusion, ou à l'inverse l'exclusion peut être le résultat d'une fragilité non assistée. Comment résister à cette humiliation généralisée ? Cela dépend de chacun. Aller à la rencontre de l'humilié, c'est simple, c'est à la portée de chacun d'entre nous. Aller vers l'autre, c'est le réconforter et lui dire : « Tu n'es pas humilié, ou alors, si c'est le cas, nous le sommes tous les deux ! Même humilié par le système, tu demeures dans la fraternité humaine. » Même amochés par le handicap, dans cette extrême différence, nous partageons notre humanité.

Il faut en être convaincu : tout humilié est digne, qu'il soit pour certains une image du Fils de Dieu ou simplement parce qu'il est membre de l'humanité. Emmanuel Kant établissait cette dignité ontologique, c'est-à-dire monolithique : « Tu es intouchable » ! La société a beau l'humilier, le rejeter, le marginaliser, l'autre garde sa dignité intouchable. Notre époque considère trop facilement l'être humain comme du jetable. L'autre m'est utile, est utilisé, puis jeté. Les conséquences sont dramatiques. Une forme de déconsidération de l'autre envahit nos relations, comme si les capacités de performance étaient le seul critère de considération. Tous les autres sont à mettre au rebut de l'humanité, au pilon.

Les nouvelles tentatives de légiférer sur la fin de vie font partie de cette humiliation. Quand tu n'es plus tout à fait digne de considération parce que tu n'es plus très beau, pas très performant, pas assez autonome, que tu es en désespoir, que tu souffres, alors « je te débranche » pour te « garantir » ta dignité. Quelle inhumanité que de se permettre un tel pouvoir ! C'est une véritable condamnation : « Tu n'es plus digne, parce que tu es trop loin de la norme. » Quelle indignité de s'arroger le pouvoir de calibrer l'autre !

Je me souviens d'avoir visité il y a de nombreuses années, en Champagne-Ardenne, une unité de production d'œufs. En bout de ligne, il y avait un monsieur d'origine asiatique, qui avait une compétence très particulière : il était capable, plus sûrement que n'importe quelle machine, d'évaluer la taille de l'œuf et sa conformité à la taille requise pour sa commercialisation. On peut de la même manière imaginer dans notre société une espèce d'œil qui définirait notre exclusion ou notre inclusion définitive…

La règle des 80/20 est la quintessence de la normalité ; que ce soit dans le processus d'élaboration ou dans l'analyse des données, on garde les 80 % considérés comme représentatifs et on écarte les 10 % des deux extrêmes, qui ne sont pas tout à fait dans la norme. La tentation est grande, dans nos sociétés normatives, d'enlever en début et en fin de vie tout ce qui n'est pas « dans la norme ». On garde les 80 % qui sont sains, dans la moyenne. On élimine les autres qui ne sont pas très présentables. En faisant cela, les 80 %, qui voulaient se tranquilliser, se pourrissent la vie. Un jour, ils basculeront eux-mêmes dans les extrêmes, par la maladie ou la vieillesse, ou un de leurs proches sera touché par la différence.

Dans *Le meilleur des mondes* d'Aldous Huxley, à la première ride on vous expédie dans l'autre monde. Tout ce qui n'est plus présentable passe à la trappe. C'est ce qu'ont fait les nazis lorsqu'ils ont décidé d'éliminer deux cent cinquante mille handicapés physiques et psychiques ; et du même coup les homosexuels, les SDF, sans parler des juifs, des gitans et des Noirs. Ils les ont gazés, avec tous ceux qui n'étaient pas productifs pour le système. Le régime de Vichy laissera mourir de faim, volontairement, cinquante mille handicapés psychiques dans ses établissements. On commence par cinquante mille individus « hors norme »... qu'est-ce qui nous empêche d'en éliminer d'autres sous le prétexte tout à fait louable de soulager, de tranquilliser, d'anesthésier notre société ?

L'autre, dans ses extrémités, ses différences, ses tares, permet à la société de se réconcilier avec la fragilité que nous avons en chacun de nous. Lorsqu'il y a le respect de cet autre fatigué, qu'on accompagne, en se penchant sur lui, au lieu de l'ignorer, voire de l'éliminer, parce que différent et inquiétant, nous baissons le niveau d'anxiété dans la société. Vouloir faire le tri, c'est créer une sourde angoisse. C'est annoncer à chacun qu'il est en sursis. Car un jour, les « normaux » seront vieux et imprésentables et devront y passer. Quelle terreur de percevoir l'échéance, de la pressentir. Devant cette pression, moi le valide d'aujourd'hui, je vais signer pour que, lorsque je ne ferai plus partie des normaux, on m'élimine ? Je vous autorise, comme 92 % des Français le désirent, à me supprimer lorsque je serai imprésentable, indigne. Quelle violence, quelle société ! Et quel poids : supprimer l'autre imprésentable vous empêchera de vivre.

Intégrer l'autre fragile, c'est intégrer sa propre part de fragilité, de différence. À travers l'autre très fragile, prenons l'habitude de nous confronter à notre réalité. Gardons la vie de l'autre tellement fragile pour nous réconcilier, à travers lui, avec nous-mêmes. En intégrant nos parts de fragilité, le regard sur le monde va changer. Dans cette tendresse et cette attention au chemin de dignité de l'autre, nous allons trouver une voie de guérison pour notre société.

Proposer – ou même simplement accepter – d'éliminer l'autre extrême, c'est éteindre la société. Dans cette société normée, atteinte d'une crise profonde, qui ne fait qu'accentuer l'angoisse d'être éjecté de la norme, intégrer l'autre extrême, c'est apaiser les relations, diminuer le niveau de stress. Considérer l'autre extrême, l'intégrer dans votre réalité, accepter l'anormalité, c'est un chemin de guérison pour tous. L'euthanasie ou le suicide assisté – ou toutes ces propositions « bienveillantes » d'éliminer la souffrance – ne sont pas pertinents pour la société.

15
Les difficultés de la rencontre

Je ne fais pas confiance à tout le monde : je « perçois » l'autre, je le devine, je l'estime comme nous le faisons tous. Nous avons tous ce « sixième sens » qui peut mener à la confiance. Je fais confiance au chirurgien. Face à l'auditoire que je vais rencontrer, j'ai confiance. Beaucoup ont perdu cet *a priori* favorable, cet optimisme naturel. Nous, les grands handicapés, sommes plus pragmatiques : il nous faut bien faire confiance. Certes, nous faisons parfois peur, nous déstabilisons, mais nous ne pouvons pas être menaçants : du coup, l'autre dépose les armes face au handicap.

J'entre vite en résonance avec un public de valides même si j'apporte mon témoignage de la différence. Je n'ai pas souvenir d'avoir jamais eu quelqu'un d'indigné devant moi. Est-ce par gentillesse pour mon fauteuil ? Je crois que le lien peut se faire quand nous avançons désarmés, et qu'il y a place au silence. Au silence intérieur, bien sûr, puisque moi, j'ai le micro, je discute. L'autre, qui arrive avec ses soucis, ses réflexions, peut se laisser toucher par ma différence et entrer dans une disponibilité silencieuse.

Mais n'idéalisons pas la relation entre Toi et Moi : elle exige le respect mutuel de certaines règles. Par exemple, évitons l'amalgame : croire que Toi et Moi, nous allons nous fondre, c'est réveiller le démon de la Toute-Puissance, accessible par notre relation fusionnelle. Par une secrète alchimie, le Toi et Moi deviendrait intouchable, hors de portée. Quelle erreur ! La limite du Toi et Moi se trouve dans le respect de la différence.

La rencontre peut aussi ne pas se faire. Il arrive que l'un veuille phagocyter l'autre, inconsciemment bien souvent. Je peux moi-même devenir distant, préoccupé par un inconfort, une fatigue, sans vouloir pour autant m'en excuser auprès de mon interlocuteur, ce qui pourrait être interprété comme de la désobligeance. Entre Toi et Moi, il faut trouver la juste distance. L'équilibre, la modération et l'attention à l'autre vont sauver la rencontre. Nous n'y arrivons pas toujours : il y a du gaspillage, des échecs, des occasions perdues. Des relations trop bancales et déséquilibrées. C'est le risque, et c'est aussi un appel à la vigilance.

Toi et Moi, nous ne sommes pas toujours à l'unisson, ce qui nous invite à un peu plus d'écoute, d'intelligence, d'attention, de considération, de lâcher-prise. Il faut ajuster le Toi et Moi. Nous ne trouvons pas la recette de cette mystérieuse alchimie du premier coup. Il y aura encore des réglages en cours de route, le premier des réglages étant de savoir respecter le silence de l'autre.

Nous ne pouvons pas vivre la relation en permanence à plein régime. Il y a des trahisons, des déceptions. Les relations amoureuses connaissent parfois des échecs terribles : le Toi et Moi n'a pas réponse à tout. Nous ne nous confondons pas : le but n'est certainement pas la fusion dans un « nous deux » indistinct. Toi, Moi : chacun reste lui-même dans cette cellule que constitue le Nous. C'est un espace privilégié, à deux ou plusieurs places.

L'existence de la relation entre Toi et Moi n'empêche pas le respect du mystère de chacun. Heureusement ! Je garde en moi une part de mystère qui m'appartient, et que je sais inaccessible à l'autre, parfois même en partie à moi-même. C'est le secret de ma personne. Je suis effrayé par la pression de notre société qui veut tout nettoyer, tout clarifier, tout connaître, tout analyser, tout allonger sur le divan. La transparence tue toute perspective de rencontre, d'échange, de découverte. La création recèle elle-même encore tant de mystères. Gardons donc ce mystère de l'homme qui fait la beauté de notre existence. L'autre pourra toujours nous surprendre et toujours être autre. La part d'inconnu est la base, le combustible du binôme, de notre rencontre. Non pas pour élucider une énigme, mais au contraire pour savourer ce que l'autre m'apporte dans sa différence, un entendement élargi, une variété infinie, une richesse.

Le Toi et Moi s'établit dans la confiance. La confiance est une prise de risque. Vous faites confiance, jusqu'à ce que… Il peut y avoir, et il y aura, faillite, désaveu de la confiance. Il ne faut pas s'arrêter au premier flanchement de la relation. Il faut du temps, identifier cette brisure, échanger et faire place au pardon. D'autant que très souvent cette approximation dans la confiance, cette déception est à partager. Il y a un gros travail de préparation et de réparation dans la confiance. Elle est constamment à mettre à l'ouvrage, elle n'est pas acquise, sans risque ; la confiance se travaille.

Ces accidents de parcours font partie de notre fragilité. Ils sont dus aussi à notre négligence : je ne prends pas le temps, l'autre se défausse de telle ou telle rencontre. Faire défaut crée un terrible sentiment d'abandon pour celui qui attend de Toi quelque chose. Si la présence a du prix, l'absence va logiquement et inévitablement créer un vide, un manque. C'est dire l'exigence de cette relation qui ne peut pas être d'égal investissement avec tous. Je ne cesse d'insister sur l'importance de la rencontre, mais il serait illusoire de tout en attendre. Contrairement à ce que nous promettent les réseaux sociaux, vous ne pouvez avoir des centaines d'amis. Choisissez-vous, nouez de vraies relations, prenez du temps, et ne vous diluez pas. Toi et Moi ne se conjugue pas à l'infini.

16
Douloureuse solitude

L'autre n'est pas la réponse à tout. Mais la solitude est terrifiante. Elle a été pour moi la chose la plus difficile à affronter. Avant mon accident, j'étais certes seul, mais tellement occupé par mille activités que cette solitude n'était pas pesante. Le « vibrionnisme » la rendait indolore. L'impression de « faire la course en tête » donne l'illusion que cette solitude est la rançon de la gloire : seul et envié, admiré. Quand tout s'arrête, quel vertige ! La vitesse qui me maintenait debout me fait défaut. Je trébuche, je tangue et bientôt je suis à terre. Je me retrouve vraiment seul.

Avec l'accident, je devais affronter la souffrance, vivre avec un corps cassé. Je souffre de l'absence d'agitation, et de l'éloignement. Survient la mort de Béatrice : l'absence de l'autre aimée, de l'autre très intime, m'a jeté au sol. La profonde solitude, l'absence, sont invivables et la solitude insondable.

J'ai souvent rencontré des personnes dépressives sans comprendre ce qu'elles vivaient. Quand j'ai connu cet abîme, j'ai perçu combien la dépression pouvait isoler : l'autre devient un étranger. Le dépressif est installé dans une grisaille, une noirceur, une incompréhension, une tristesse, un malheur qui l'occupent tout entier : il ne veut pas de l'autre. Son cri est encore un rejet : « Ne venez pas m'embêter, je ne suis pas bien, laissez-moi tranquille ! » Avant de connaître cet état de l'intérieur, avec toute ma naïveté et mon volontarisme, j'insistais : « Il faut te reprendre, fais quelque chose, bouge-toi un peu ! »

Je reçois beaucoup de correspondances. Je suis bouleversé par le nombre de personnes qui ne trouvent pas de vis-à-vis. Que de solitudes aujourd'hui ! Il y a une attente de l'autre, de la rencontre, amicale, amoureuse. Moi qui suis gâté par la présence d'êtres chers, mon épouse et mes enfants en premier, j'ai du mal à admettre qu'il puisse y avoir tant de solitaires dans ce monde. L'absence de l'autre est la maladie de la ville, du bruit, du mouvement, de la modernité. La ville cache l'autre, empêche la rencontre, plus qu'on l'imagine. Il y a mille choses à faire, une multitude de sollicitations, et nous oublions de prendre le temps de l'autre. Quand on est exclu, marginalisé, déconsidéré, il devient très difficile de faire le premier pas pour rencontrer l'autre. Il y en a tant qui ont pu être humiliés, abandonnés, rejetés.

Beaucoup de séances de thérapie proposent aux personnes en difficulté de s'accepter elles-mêmes. Il est important de se réconcilier avec soi, mais méfions-nous d'un trop grand individualisme qui accentue l'isolement. Je m'écoute, je me découvre, je me comprends ? Surtout, je me réalise sans les autres pour ne pas en dépendre : quelle absurdité !

Bien au contraire : l'autre est ma bouée de sauvetage ! Les plus grandes souffrances viennent de ce sentiment d'échec, de ne pas réussir à s'en sortir seul, de ne pas être conforme aux critères individualistes de notre société. Comme si j'étais, moi seul, la solution à ce qui m'arrive. À en croire la pensée dominante, je dois être mon propre recours, sinon je suis hors jeu, dépendant. Pourquoi et comment cette dépendance fondamentale de notre humanité est-elle devenue humiliante ?

J'essaie de répondre à tous ceux qui m'écrivent. Mais je ne peux pas être leur proche : ils doivent le trouver à proximité ! Notre époque redécouvre cette richesse à côtoyer les autres, autour de soi. La Fête des voisins[1] en est un exemple étonnant, qui s'est diffusé en Europe à grande vitesse. Son fondateur, Atanase Périfan, n'a rien inventé d'extraordinaire : « Parlez-vous entre voisins, et commencez par faire la fête ! » Il a fallu tout ce temps pour redécouvrir ce qui était naturel il y a quelques dizaines d'années dans tous les quartiers et villages de France. C'est l'initiative associative qui va désenclaver ces isolés.

L'autre nous manque. Il faut communiquer, faire la pub de l'autre. Mais oui ! Dire que l'autre est votre solution. Sans se tromper d'objectif : il ne s'agit pas de trouver quelqu'un qui va s'occuper de moi, mais plutôt m'intéresser à l'autre. Le premier compagnon de l'Abbé Pierre, récemment sorti de prison, jeté à la rue, clamait : « Je n'en peux plus de

1. www.immeublesenfete.com

la vie, je vais me suicider. » Pour toute réponse, l'abbé lui demande d'abord de l'aider et de s'occuper des autres : « On verra après ! » Le bonhomme était sauvé.

Les épreuves nous isolent et finissent par nous faire grandir. C'est un long chemin. Avant d'accepter le retour de l'autre, la personne dépressive doit se retrouver elle-même. Elle en sort, plus forte et plus fragile, plus lucide et plus vivante : elle se réconcilie avec sa véritable nature qui est d'être fragile. Il y a une fin à notre épopée, ce qui donne toute son intensité à l'instant présent. Plus d'anticipation permanente, ni de regrets. Cela m'est venu plus clairement dans l'immobilité et le silence. L'autre à qui je fais part de ces évidences révélées par l'acceptation de ma condition est toujours intéressé par le décalage entre l'instant que je vis intensément et ses propres expectatives et anticipations qui le consument.

Le véritable handicap n'est pas le corps immobile, c'est l'absence de l'autre. Le handicapé – dépendant par contrainte – sait combien pèse cette absence ! C'est l'origine même du mot « handicap » : lors des courses de chevaux en Angleterre, pour pallier les disparités entre deux animaux, le plus costaud était lesté d'un poids supplémentaire, dénommé « handicap ». Le vrai handicap, qui vous met hors course, c'est l'absence de l'autre. Nul besoin d'être physiquement cassé pour être handicapé de nos jours !

Il n'y a que Toi et Moi pour compenser ce handicap. Par la rencontre, non seulement l'autre remonte en selle mais revient dans la course.

L'Homme ne se révèle pas seulement dans l'épreuve, l'accident, le handicap, la dépression. Comment faire prendre conscience aux bien-portants de leur fragilité ? Certes nous sommes, nous les grands fragiles, apparemment plus vulnérables et dépendants, mais ne le sommes-nous pas tous à des degrés divers ? Cette dépendance quotidienne, même si pour beaucoup elle n'a pas un aspect de survie, signe déjà une fragilité à venir. Reconnaître sa dépendance, fût-elle minime aujourd'hui, est source de bon sens pour l'avenir. Dans l'interdépendance aimable et assumée, où chacun d'entre nous accepte sa part de dépendance, des forces inouïes de rencontres seront libérées entre nous tous.

Autrement dit, Toi et Moi n'est pas seulement la réponse au handicap, à la fragilité ; c'est aussi le fondement de l'existence. Entrer en confiance, être juste considéré pour ce que nous sommes. Le simple bonjour d'une personne qui prend le temps de vous regarder devient vital. Être considéré avec bienveillance vous rétablit dans l'humanité bien plus qu'on imagine.

La vieillesse et la maladie nous désarment, parce qu'elles fragilisent et révèlent avec évidence notre nature réelle. La vieillesse et la maladie remettent les choses en place, elles font partie du désarmement mondial. Ce n'est pas dans l'air du temps, mais la vieillesse peut sauver le monde ! Il n'y aurait plus de guerre si la vieillesse et la fragilité étaient au milieu de notre société. Il ne faut pas glorifier la vieillesse, mais simplement l'intégrer comme une réalité au cœur de notre humanité. Sa proximité avec la mort serait source d'apaisement.

La tentation est grande de cacher l'autre différent, surtout s'il est fragile, vieux, malade. À vouloir effacer ce qui n'est pas dans la « normalité triomphante », nous édifions un monde de tyrannie.

La résistance s'organise. Jean Vanier a créé les maisons de l'Arche avec des valides partageant la vie de déficients mentaux ; Laurent de Cherisey ouvre des foyers de vie partagée pour traumatisés crâniens, polyhandicapés. Quand vivent ensemble des valides et des invalides, des jeunes et des vieux, ils désarment le monde. C'est un programme politique gigantesque !

La Suisse étudie la possibilité de financer les aidants proches des grands fragiles, évitant ainsi de les institutionnaliser. C'est plein de bon sens économique, car les maintenir à domicile en aidant ceux qui sont autour à assumer leur proximité coûte beaucoup moins cher que d'institutionnaliser et fonctionnariser, et surtout cela crée le lien vital dans la famille, le quartier, la société.

Travailler au bonheur, ce n'est pas courir après un mensonge ou un rêve, mais au contraire intégrer notre réalité. Nous avons quelque chose de commun, qui nous colle à la peau depuis la naissance : l'autre différent, fragile, sénile, c'est moi dans un avenir plus ou moins proche. Il ne s'agit pas de se réfugier dans la vieillesse et la fragilité, mais de vivre avec mes semblables, fragiles et faibles : ce qu'ils sont, je le serai peut-être, et ils ne sont peut-être pas si différents de moi. Il m'appartient de me réconcilier avec ma nature, et donc avec cet autre, différent. Dès aujourd'hui.

17
Un second souffle

Je me souviens d'un séjour en hôpital : mon voisin de chambre était constamment en colère. Ce n'était pourtant pas un « débutant » dans le métier : il était handicapé depuis quatre ans. Mais il n'était jamais descendu de sa colère. Il pensait survivre par elle. Je comprends sa réaction : pendant longtemps, la douleur avait l'avantage de me maintenir en colère. Je souffrais ; donc j'étais vivant !

En colère, vous pouvez accrocher les autres, parce qu'ils sont blessés comme vous ou fragilisés. Vous n'avez rien à partager, si ce n'est cette colère envahissante. La colère occupe tout le champ relationnel : elle ne permet pas la rencontre. Désarmé, vous pouvez accueillir l'autre : vous êtes disponible à une part d'inconnu. Mais il faut y parvenir : il a fallu que je rencontre l'extrême fragilité-différence pour me désarmer.

Que peut-on dire à une personne en colère ? Chaque fois que je voyais mon jeune voisin, d'abord je souriais. « Respire ! » Je ne pouvais pas dire beaucoup plus ; déjà, il m'envoyait balader ! Il savait bien que j'étais dans le même état que lui. Moi aussi, je souffrais physiologiquement, neurologiquement. Mais sa colère alimentait et alourdissait sa douleur. Il a fini par comprendre que, s'il baissait un peu la garde, on allait s'occuper de lui. En colère, il était pris en charge, mais on ne le regardait pas. Respire ! Il faut entrer profondément en soi-même, en silence, malgré l'inconfort de la souffrance. Chercher la respiration vitale au fond de son estomac. Adhérer à cette respiration ; s'oublier soi-même, pour finalement être à côté de sa douleur. À partir de là, on peut revenir à la surface et considérer l'autre avec tranquillité.

Oser se désarmer a des effets très concrets. Je dois subir souvent des soins difficiles et désagréables : ce qui permet de les supporter n'est certainement pas du registre de la résistance ou du combat. Je m'abandonne complètement aux mains du personnel soignant. Je suis totalement disponible, je n'ai aucune réaction. Je ferme les yeux, je m'efface. Je sais que j'en reviens : c'est un bel exercice de pudeur assumée, de « démaîtrise » et d'abandon.

N'hésitez pas : abandonnez votre colère ! Cessez toutes vos récriminations : le monde n'est pas coupable ; personne ne l'a voulu. Les autres ne sont pas responsables de votre état. Gardez votre colère lorsqu'il y a injustice. Accompagnez votre situation, et l'autre, bienveillant, va se manifester. « Faire avec » le handicap, s'en accommoder, n'est pas assez ambitieux : faites-en quelque chose. C'est toujours la même histoire : il faut s'abandonner, pour trouver un second souffle.

Toi et Moi, c'est un exercice de respiration : l'inspiration c'est l'appétit de vivre, le besoin, le désir qui s'exprime. Quand vous expirez, vous êtes en relâche, vous êtes perméable, vidé de vous-même. Plus vous expirez, plus vous irez loin, parce que l'inspiration qui suit est automatique et profonde.

Pour expirer le plus possible, le grand champion de marathon Alain Mimoun faisait d'épouvantables grimaces. Expirer ne veut pas dire mourir, rendre son dernier souffle, mais juste lâcher prise et croire à l'inspiration qui suit. Nous ne pouvons pas forcer l'inspiration : nous risquerions l'hyperventilation et la tachycardie. Nous pouvons forcer l'expiration ; l'inspiration suivante se fait dans une sensation de confort, une évidence. La conversation, c'est de l'ordre de la respiration. Toi et Moi s'établit dans une respiration fluide et naturelle, à l'opposé de la logorrhée qui étouffe. Respirer et parler, dans un rythme souple.

Il y a des astuces évidentes qui vont favoriser le lien entre Toi et Moi : même si vous êtes souffrant, handicapé, soyez aimable et souriant ! Entre « Nous » doit s'établir une sorte de bienveillance, qui commence par un peu de politesse, une courtoisie qui n'a plus cours. Quand c'est « moi d'abord », nous n'avons plus le réflexe de saluer l'autre, de le considérer. Pratiquer l'amabilité est un art qui change la vie. J'aimerais tant que, dans cette nouvelle refondation du rapport social entre Toi et Moi, l'amabilité et l'humour soient des manières d'être à l'autre. Cela ne gomme pas les différences mais ajoute de la tendresse et de la considération dans nos échanges. Toi et Moi, nous ne sommes pas forcément à l'unisson, fort heureusement. Pour accueillir l'autre, il faut être tranquille. Ce qui n'enlève rien à notre personnalité.

Au début du XXe siècle, Kasimir Malevitch a peint un carré blanc sur fond blanc, et cet art monolithique ne fait que retranscrire la violence du monde uniforme, son absurdité et aussi son aveuglement. L'extraordinaire diversité de la nature, avec cette multitude d'espèces animales, végétales, est à l'image de la diversité humaine. La création nous montre que la beauté naît de la diversité. La bienveillance est le véhicule de la diversité. Si vous êtes dans un état de refus, de crispation, vous allez avoir du mal à apprécier la différence. Soyons bienveillants les uns avec les autres. Ce n'est pas un simple réflexe de générosité mais le début d'une rencontre possible.

18
Le Toi et Moi de l'extrême

Après la sortie du film *Intouchables*, Laurent de Cherisey, directeur général de l'association Simon-de-Cyrène[1], m'avait invité à découvrir le nouveau foyer communautaire créé à Vanves pour les personnes polyhandicapées. J'étais accompagné par de nombreux journalistes, caméras de télévision, et je ne voyais pas grand-chose. Laurent avait bien préparé la rencontre.

1. www.simondecyrene.org

À un moment, je me suis trouvé face à une cinquantaine de grands handicapés. Disons-le franchement : même après des mois, des années en hôpital, en centre de rééducation, je n'étais pas prêt à tant de fragilités accumulées. Polyhandicapés, aphasiques, troubles de la connaissance, troubles du comportement. À côté d'eux, moi qui suis tétraplégique, je suis à peine entamé ! Laurent veut que je m'adresse à eux. Sans savoir s'ils m'écoutent, s'ils m'entendent. La parole peut-elle avoir un sens ?

Il en faut beaucoup pour me déstabiliser. Ce jour-là, je suis sidéré, pris à contrepied, incapable d'articuler une parole. C'est alors que Laurent de Cherisey passe un bras autour de mon épaule. Je suis sur mon fauteuil, et il me secoue gentiment. Je ne le connais pas vraiment, qu'est-ce qu'il lui prend ?

Devant moi, une très jolie jeune femme bave, la tête inclinée, la bouche ouverte, avec un grand sourire et les yeux qui pleurent un peu. Je ne comprends pas ce qu'elle veut. Derrière elle, une femme s'est déguisée ; elle a une perruque. Elle est ailleurs, se prend pour une marquise. À droite, il y a un gars qui ne me regarde pas mais qui me parle quand même. Je sens que c'est à moi qu'il s'adresse. Je suis à la limite de l'autre. Je n'ai jamais vu des autres aussi différents.

Laurent me secoue, pendant plusieurs minutes. Les caméras ne comprennent pas ce qui se passe. En fait, se concentre ici une formidable humanité. Silencieuse en partie, et qui ne s'exprime pas d'une manière standard. Mais quelle densité ! Il faut regarder l'œil de cette femme pour y lire ce que ses lèvres ne disent pas. L'autre ne vous regarde pas parce qu'il a peur de vous, mais il faut prêter attention à ce qu'il cherche à dire. La folle à la perruque vous fait son théâtre.

Laurent m'a tellement secoué que j'ai fini par sentir ce qu'il voulait me dire : « Lâche prise ! »

Cette journée à Simon-de-Cyrène fut un des moments les plus initiatiques de mon existence. Une expérience de « lâcher-prise » total : l'autre en apparence si lointain devient absolument, totalement, accessible. Il me fallait me laisser « être » simplement, parmi cette assemblée de personnes étonnantes, y compris cet autre dont le corps difforme n'a plus d'apparence humaine. Je n'avais jamais éprouvé à ce point le bonheur d'être « parmi » les autres.

Je ne pense pas qu'il soit nécessaire de passer par un tel choc pour découvrir l'importance de cette manière d'être avec les autres. Le silence, une fois encore, doit pouvoir nous conduire à pareille rencontre, sans peur ni *a priori*. Face à l'autre, je ne m'empêche pas de parler. Mais intérieurement, je suis totalement en silence, pour lui faire de la place, pour le laisser me toucher. Cela exige une disponibilité et plus encore une dépossession de soi. Il faut être totalement désarmé pour être inoffensif et construire quelque chose avec les autres.

Lâcher prise pour que chacun puisse exister tel qu'il est, même s'il est en mauvais état. J'ai fini par sourire. Inutile de parler. D'ailleurs, je n'étais pas sûr d'être compris. À l'un, je glissais un mot ; à l'autre, je souriais ; un peu plus loin, je faisais un signe de tête. Ils se sont approchés de moi : c'est devenu une fête ! Mais les télés n'étaient plus là.

Dans cet état initial de sidération, assez explicable dans nos sociétés où la grande différence est tenue cachée, la première réaction peut être de ne pas voir l'autre dans sa « laideur », comme si notre société n'acceptait que certains canons de beauté, une normalité rassurante. Ce regard standardisé sur le monde est à l'image du comportement normé que nous avons à l'égard des individus et de la création. Cette approche brutale qui élimine une altérité altérée se traduit par un appauvrissement de l'intelligence de la création.

Le Toi et Moi vu par notre société exclut ; comme s'il pouvait y avoir un Toi et Moi sélectionné, fait d'excellence, répondant aux critères de la société de réussite, performance, sportivité. Comme s'il pouvait y avoir un binôme canonique, et qu'en dehors de cela, le qualificatif de binôme, d'altérité, ne pouvait pas s'appliquer dans l'imperfection. Le Toi et Moi doit réhabiliter l'imperfection de chacun, réassurer dans le regard de l'autre et dans son assentiment. Cette fécondité de la dissemblance est plus enrichissante que la stérilité de la norme dans le rapport à l'autre. C'est la fructueuse altérité de l'accueil plutôt que le piège de la comparaison, de l'évaluation.

Devant la grande fragilité et la différence, dans la respiration ample de la relation, je suis empli de considération. Ce magnifique mot de la langue française peut avoir une acception un peu formelle, mais il déborde largement de ce cadre, lorsqu'après la sidération de la rencontre inhabituelle je contemple l'autre avec attention ; je l'accepte tel qu'il me semble être, et, plus important encore, j'y trouve les raisons pour comprendre, agir avec déférence et estime. Je considère l'autre dans toute sa différence et richesse.

Je suis empli de considération, donc, pour ceux qui m'ont permis de sortir de mon enfermement destructeur, de ma simplification stérile. J'étais maître (du moins le croyais-je) et, devant l'autre incroyablement différent, je deviens, à travers la considération, serviteur qui épouse, littéralement qui « prend la forme de », la création dans toute sa diversité.

Longtemps j'ai été aveuglé par l'amour du moi, qui, contrairement à ce que je croyais, isole et détruit alors que je pensais me raffermir, m'aguerrir. Je lui préfère aujourd'hui l'amour de l'autre, tellement différent et fragile, qui me réconcilie avec mon histoire et avec le monde. J'ai fait un pas de côté devant l'autre différent. J'étais acteur, je deviens témoin de la grande fragilité. Cette attitude m'amène à écouter cette existence extrême et, dans ce retrait de moi-même, je vais discerner chez l'autre une réponse au défi du chemin de dignité de cet autre. En généralisant cette pratique, je perçois les dysfonctionnements de notre société et, plus important encore, une source inépuisable de solutions pertinentes pour les résoudre.

Ce rapport à l'autre, à ce point différent, m'amène à me dégager de moi-même pour répondre aux exigences de notre vivre ensemble. Quelle différence par rapport à la violence de notre société où la norme domine, où la solution unique simplifiée, imposée, crée de tels dégâts dans notre environnement, génère l'exclusion, l'humiliation. Cette manière d'être ensemble, attentifs à la différence des extrêmes, est source de renaissance pour notre société dans le respect de la création. Cette relation assumée avec l'environnement fragile, avec les sans-grades, est de notre responsabilité à tous. Nous devons la prendre pour l'autre, humilié ou abîmé. Les maux de notre société qui sont basés sur la frayeur, la peur, l'insécurité, ne pourront se résoudre que lorsque nous sortirons de nous-mêmes. De sujets centrés sur nous et notre réussite, acceptons de devenir vulnérables pour enfin considérer les plus fragiles et déchiffrer leur chemin de dignité qui sont autant de solutions à nos dysfonctionnements.

C'est tout un programme, et bien entendu il faudrait des heures, voire une vie, pour cerner les chemins politiques, culturels, philosophiques, spirituels, qui amènent de la suffisance à la considération. La considération est un chemin de salut pour nous tous, qui mêle curiosité, étonnement, acquiescement, écoute, respect et tendresse.

Le Toi et Moi de l'extrême devient une thérapie de notre monde bien malade, une source d'entendement et de révolution dans notre rapport au monde.

19 La souffrance insensée

Il est difficile de te rencontrer, Toi qui es souffrant ! La souffrance est extrêmement prenante. Je peux en témoigner pour la pratiquer depuis tant d'années : quand je suis pris par la souffrance, je ne suis pas vraiment disponible.

La souffrance va perturber la relation entre Toi et Moi, et les effets peuvent être lourds. Cela peut aller jusqu'à l'incommunicabilité entre les deux, alors que chacun aspire à la relation. Mais la douleur dresse un mur. Le souffrant ne veut pas se résumer à son état. L'autre, croyant bien faire, va tenter d'imposer la relation. Celui qui souffre physiquement, neurologiquement, est blessé, déformé. Altéré, il est *autre*. N'est-ce pas la même racine que l'altérité ?

En présence de quelqu'un qui lui veut du bien, c'est au souffrant d'aider l'autre à entrer en relation. La souffrance incommode le non-souffrant : c'est déstabilisant de voir quelqu'un qui souffre. Mon frère a mis beaucoup de temps à pouvoir m'approcher quand j'étais à l'hôpital, après mon accident. C'est au souffrant de faire ce petit effort pour, s'il le peut, tranquilliser l'autre. Il faut beaucoup d'énergie : j'essaie toujours, malgré la souffrance, de rassurer. Encore une fois, je souris.

Certaines personnes compatissantes croient pouvoir prendre sur eux mes douleurs. Elles tiennent absolument à souffrir avec moi, à prier avec moi, cherchant un sens à la souffrance. Elle est insensée la souffrance ! Je leur demande simplement d'être là : inutile de s'investir dans ma souffrance.

Quand je suis en souffrance, je compte sur l'autre pour me rafraîchir. Qu'il arrive donc avec son innocence, son humour et son quotidien ! Quand j'ai mal, j'aime entendre l'autre parler de ses petits bobos. Il y a un côté tranquillisant à partager nos misères, même si l'autre, face à moi, souffre juste d'un rhume ou de courbatures. C'est le réel de l'humanité qui entre dans ma chambre et repousse dans un coin de la pièce ma propre souffrance. Sont-elles maladroites, ces personnes qui me racontent leurs problèmes de stationnement ou d'éducation de leurs enfants ? Cette inconscience rafraîchissante de l'autre aère un peu ma chambre étouffante de douleurs. L'autre qui s'ouvre, se livre, se déballe aussi parfois, me console. Par sa présence innocente, il me rend mon intégrité. À nouveau, je suis entier. Alors que la souffrance me réduisait en miettes, me décomposait, l'autre me cautérise.

Comment envisager la visite à un souffrant ? Celui qui souffre cherche, dans cette visite venue de l'extérieur, un courant d'air frais. Surtout, ne pas chercher à prendre la place du souffrant, ce serait une agression. Qu'il puisse « consonner », mais qu'il ne vienne pas « consommer ». Ne venez pas nous plomber par votre sollicitation ; vous devez me dégager, m'embarquer. Un geste, un regard qui ancre et me sort de l'abîme de la douleur.

Sortez-moi de ma souffrance par votre présence, mais ne me la renvoyez pas à la figure. Vouloir partager ma souffrance va m'y enfermer. Non, au contraire : rafraîchissez-moi. Donnez-moi de l'existence.

Sachez-le : c'est tellement important d'avoir quelqu'un à côté de soi quand on souffre. Même si pour vous, visiteur, c'est inconfortable ! Certes, c'est dérangeant, mais il y a aussi quelque chose pour vous dans ce côtoiement.

J'ai beaucoup pratiqué la souffrance des autres en visitant mes collègues en fauteuil ou dans leur chambre. En présence de l'autre souffrant, on se dénude un peu, on se désarme. C'est pour vous-même une thérapie extraordinaire de vous mettre à côté de quelqu'un qui souffre.

Benoît, grand patron à la retraite, consacre plusieurs après-midi par semaine à la visite des grands souffrants en fin de vie dans un centre de soins palliatifs. Il témoigne de l'extraordinaire richesse de ces moments intenses et ultimes où deux êtres qui ne se connaissent pas en viennent à partager l'intensité d'un présent chargé d'infini et d'amour. Que d'émotions, et parfois que de drôlerie bienveillante !

Nous ne sommes pas condamnés à la gravité, bien au contraire ! Un peu de fraîcheur facilite la communication, désamorce l'incompréhension, nous apprivoise. La fraîcheur nous rend familiers, non pas dans le langage, mais dans notre capacité à nous comprendre. C'est toujours difficile de se montrer léger et familier en face de l'autre souffrant ou mourant : une fausse désinvolture va blesser plutôt que soulager. Mais la gravité devient pesante, accentue la solitude de la souffrance. En fait, l'artifice n'est pas de mise : soyez naturels !

Si la rencontre doit toucher une part de vérité, soyez sincères dans votre rencontre de l'autre qui le perçoit entre les mots, entre les lignes. C'est extraordinaire la façon dont la souffrance aiguise la perception. Le geste vrai, le naturel et la parole sincère sont pour le souffrant une véritable source de libération.

20
Avancer désarmé

Ma première rencontre avec les responsables du futur film *Intouchables* fut surprenante. Le producteur Nicolas Duval-Adassovsky – un grand monsieur du cinéma dont je n'avais jamais entendu parler – est venu à Essaouira, au Maroc, avec les réalisateurs, Éric Toledano et Olivier Nakache. Les deux réalisateurs se montrent tout de suite à l'aise, nullement impressionnés par mon handicap. Le producteur, quant à lui, me tend la main… et se rend compte, mais un peu tard, de sa maladresse. Cette aventure m'est arrivée maintes fois et m'a toujours fait sourire. Il n'y a pas de quoi se formaliser. Très gêné, le producteur veut se rattraper et me livre dans l'instant son histoire personnelle. J'étais ému qu'il se soit dévoilé aussi vite, presque par courtoisie. Ma fragilité permet sans doute à l'autre de se présenter de manière plus authentique, plus simple. Toi et Moi, livrés à nous-mêmes, nous pouvons nous présenter sans artifice.

J'ai pu constater à plusieurs reprises combien mon handicap incontournable peut déstabiliser mes interlocuteurs. Pour entrer en relation, ils sont tout à coup invités à baisser la garde, à se désarmer. C'est possible, ce n'est pas gagné d'avance : il y a beaucoup de personnes, même parmi mes très proches, qui ont mis des mois avant de m'approcher. Face à la souffrance, à la fragilité, certains ressentent une légitime pudeur ou peut-être même une certaine peur.

Ce passage entre Toi et Moi ne peut pas être forcé : il faut être prêt, tous les deux. Je ne peux pas – je ne dois pas – forcer l'autre. Mais je peux opter pour une attitude de séduction, essayer de tranquilliser l'autre. Bien sûr, j'ai mes petits tracas, les douleurs incessantes, mais je ne vais pas paraître souffrant, accueillir l'autre avec mes misères. Je cherche à rester toujours très souriant, ce qui n'était pas toujours le cas avant, quand tout allait bien !

Depuis que je suis en fauteuil, je souris pendant 99 % de la journée. La petite portion où je ne suis pas souriant, aimable, je n'ai personne devant moi. Être avenant s'impose à tous. Les personnes âgées se plaignent souvent, dans leur solitude, de leurs petits soucis quotidiens ; qu'il doit être difficile pour elles de sortir de leur tristesse pour amener l'autre à les considérer ! Si j'accueille l'autre, que je le rassure et que je suis séduisant, il pourra avancer sans crainte d'être envahi. C'est à moi de créer ce climat. Je le dis souvent à mes visiteurs :

« Venez, touchez ma main. » Dès que le contact est établi, les défenses tombent. Il m'arrive même de saluer leur départ par un « à deux mains du tétra » !

Quand je croise des personnes handicapées, je ne cesse de les encourager : allez vers les autres, soyez aimables. Les autres ne viennent pas naturellement vers nous, les fauteuils. À nous de les séduire.

Entre Toi et Moi, chacun est libre de son investissement. Mais rien ne m'empêche d'être toujours bienveillant. Ce n'est pas de la naïveté ou de la bonté d'âme. J'ai besoin de vous, pas seulement parce que je suis totalement dépendant, et qu'il faut bien que quelqu'un prenne soin de moi, me donne à manger, pousse mon fauteuil. J'ai besoin de vous parce que, dans la relation, vous me permettez d'exister. Handicapé ou pas, c'est vrai pour tous.

Invalides, nous sommes à la merci des autres. C'est une force incroyable :

désarmés, nous sommes totalement désarmants. Sortons tous de notre forteresse : devenons désarmants ! Quel est le message de Gandhi ? Celui de Aung San Suu Kyi quand elle avance, désarmée, face aux militaires birmans qui l'ont mise en joue ? Elle est désarmante par son charme et sa tranquille progression. Un jour peut-être, l'homme tirera dessus. Mais un autre désarmé prendra le relais.

21
Bienheureuse interdépendance

Avant, je pensais ne dépendre de personne, comme la plupart d'entre nous. Mais j'ai besoin de vous. Même le plus puissant parmi les individus a besoin de l'autre, à des degrés plus ou moins importants. Ce n'est pas seulement une dépendance de survie, mais aussi et surtout d'efficacité. Plus encore, il suffit d'évoquer sa fragilité à venir, l'impact de la vieillesse ou de la maladie.

Nous sommes dépendants les uns des autres, nous l'avons été totalement à notre naissance, nous le serons sans doute à la fin de notre vie. Entre les deux, nous oublions que nous le sommes également. Il serait bon, par la fréquentation des autres fragiles, malades, ou vieux, que le monde qui bouge, qui « réussit », instille cette évidence de sa propre dépendance comme prélude à une éventuelle très grande dépendance à venir.

Quand vous serez dépendants, vous vous en rendrez compte. Mais n'attendez pas : même dans la vie valide, considérer que nous n'avons pas besoin de l'autre est une erreur de calcul. C'est un non-sens. Accepter d'avoir besoin de l'autre est un acte de sagesse et une évidence : j'ai besoin de toi, tu as besoin de moi. Nous sommes tous dans cette heureuse interdépendance, tellement plus riche que de vouloir sécuriser sa dépendance par le biais de l'argent. L'école de la dépendance est à opposer au ring de la possession ou de la compétition.

Encore plus pertinente que cette dépendance pragmatique, la relation permet de me sortir de mon enfermement destructeur où je ne vois pas l'autre et essaie de m'imposer coûte que coûte à mon environnement. Une société qui néglige l'autre, la relation et s'enfonce dans ce comportement généralisé en arrive à vouloir simplifier la réalité, c'est-à-dire la déformer, au risque même de la détruire. En revanche, l'autre, considéré avec attention et bienveillance, me permet de voir la richesse de la différence, l'intelligence de l'altérité et ouvre à d'infinies solutions pour résoudre les difficultés de notre monde, liées au nombrilisme.

Une conférence de presse était organisée pour présenter le livre coécrit avec Jean Vanier, Laurent de Cherisey et moi-même *Tous intouchables ?*[1]. C'était au lendemain de l'élection de François Hollande. Après la présentation, place

1. Laurent de Cherisey, Philippe Pozzo di Borgo, Jean Vanier, *Tous intouchables ?*, Bayard, 2012.

aux questions : « Que voulez-vous dire au président de la République ? », me demande une journaliste. Je suis un « petit nouveau » dans le métier du handicap, et je me tourne vers Jean Vanier. Il est sage ; je le considère comme un prophète. Depuis cinquante ans, l'Arche, qu'il a fondée, préconise une autre manière d'être ensemble, en dehors des contraintes de performance. La petite assemblée de journalistes se tourne vers Jean Vanier. Celui-ci, qui fait près de deux mètres, est mal assis dans un sofa beaucoup trop bas pour lui. Il n'aime pas ce genre de rencontres, ou tout au moins ne se précipite-t-il pas dans l'échange avec les journalistes. Après un long silence, il lance son bras vers eux.

Dans un mouvement de réflexe, tous se reculent. Jean balance à nouveau son bras en avant. Le pouce et l'index forment un cercle, comme un signe d'inclusion. On pourrait croire qu'il leur dit : « Vous êtes des zéros. » Pas du tout. Ce signe veut dire : « Toi et Moi ensemble. » Aussi différents soyons-nous, nous sommes ensemble.

Face aux journalistes, il finit par prendre la parole et dit simplement : « Écoute, François… Écoute-moi bien… Ne les tue pas. » Il n'y a rien d'autre à dire : « Ne tue pas le faible, tu es lié à lui, mets-le au centre. » C'est ce qu'il vit à l'Arche depuis des années ! Jean, qui a un sens de l'humour très développé, voulait probablement aussi dire : « Ne l'es-tu pas ? » ; « Toi, tout président de la République que tu es, n'es-tu pas aussi fragile ? ».

Ce pouce qui s'appuie sur l'index en un cercle parfait, c'est un signe magnifique que je propose aux groupes de jeunes que je rencontre. Je fais prendre des photos avec toutes ces mains levées. Ce sont ces jeunes qui, bientôt, pourront construire cette société unie. Ils aspirent à une société de l'inclusion, ils sont prêts à assumer leur part de fragilité plutôt que la contrainte.

Plusieurs mois après le lancement du livre, en juin 2013, je devais rencontrer le président François Hollande qui visitait le centre de rééducation de Kerpape, en Bretagne, où je suis régulièrement en « révision ». J'en profite pour réitérer le message de Jean Vanier, qui n'avait pas été relayé par les journalistes. Je demande au Président de faire le signe qu'avait fait Jean Vanier puisque je suis bien incapable de bouger mes doigts. Le signe, c'est un début : une recommandation d'inclusion et une préconisation de baisser la garde sur nos propres fragilités.

Il faut maintenant faciliter dans la ville la vie des fragiles, des humiliés innombrables, revoir la réglementation qui complique la création des maisons adaptées, permettre la vie ensemble, quelle que soit notre exclusion : chômeurs longue durée, familles monoparentales à la rue, personnes sans domicile, jeunes de banlieue, etc. Le Président m'écouta avec bienveillance et fit le signe.

Ces différences peuvent être effrayantes. Elles peuvent bien entendu être instrumentalisées ; que ce soit l'humilié qui, assez rarement, cherche à donner mauvaise conscience à la société, ou que ce soient les politiques qui diabolisent ces humiliés pour créer l'insécurité.

L'inclusion préconisée par Jean Vanier, et l'acceptation de nos propres fragilités, pourraient déboucher sur un « être ensemble » beaucoup moins anxiogène, agressif, et se traduire dans une bienveillance relative. Plutôt que le « chacun pour soi » qui domine aujourd'hui, l'acceptation de notre dépendance serait source de bon sens, de bien-être partagé.

Imaginez une entreprise où l'esprit d'équipe dominerait au lieu que chacun fasse concurrence à l'autre dans un souci de domination : quelle source de confort et de pertinence pour l'entreprise ! Retour gagnant pour la personne et pour la société. La difficulté, c'est que l'amabilité ne se décrète pas. La bienveillance doit se découvrir, petit à petit, en incluant la différence dans la norme. C'est par contagion que, d'un groupe à un atelier, d'un bureau à un autre, les rapports peuvent changer. La charte de l'entreprise ne peut rien y faire.

Une équipe de foot, de rugby est un autre exemple ; chacun est dépendant de l'autre – une passe décisive, un arrêt du gardien, etc. –, et le résultat est collectif. Chacun a envie que l'autre soit bon, chacun est sublimé par les autres.

Mes propos peuvent sembler utopiques dans une société mondialisée. Mais les autres politiques se montrent-elles plus efficaces pour résoudre les impasses dans lesquelles nous sommes aujourd'hui ? Certains aussi s'inquiéteront du « retour sur investissement », du temps que cette considération de l'autre nécessite. Mais de quel retour sur investissement parle-t-on lorsque les comportements spéculatifs mettent l'économie mondiale en crises régulières, avec, à chaque récession, une augmentation de la marginalisation, de l'humiliation, de la non-participation ? Inclure, c'est garantir une économie qui tourne pour le plus grand nombre.

Comment alimenter la demande lorsque les 0,1 % des plus fortunés accaparent les richesses, au-delà de toutes leurs capacités à utiliser leur pouvoir d'achat ? Développer cette consommation oisive, cette consommation de l'inutile, alors que la survie du tiers de l'humanité n'est pas assurée est une violence absurde. Inclure, c'est apaiser.

La bienveillance n'est pas un calcul : c'est une attitude. Il faut l'essayer pour comprendre qu'il y a un retour gagnant, quoi qu'il arrive.

Dire que je suis un handicapé mieux dans mes pompes qu'avant l'accident paraîtra excessif à certains. Dans les communautés de l'Arche et de Simon-de-Cyrène, ce qui frappe, en dehors de l'extrême différence, c'est cette impression de joie partagée, même si Jean

Vanier indique que ce n'est pas gagné d'avance. Ce partage bienveillant dans la simplicité et l'acceptation est source de jubilation.

La bienveillance est extrêmement simple : il faut d'abord être désarmé. Ne plus avoir peur de l'autre, cette peur qui ronge beaucoup les gens. C'est terrible, cette peur collective de l'autre méconnu, de l'autre non rencontré. C'est de l'autre abstrait dont on a peur. Il faut d'abord prendre le temps de connaître l'autre. Alors, tout peut arriver : il y a quelque chose chez l'autre qui me dépasse, que je n'aurais pas trouvé seul, replié sur moi-même.

Vous pourrez me rétorquer qu'il m'a fallu du temps pour découvrir les bienfaits de la bienveillance. Fallait-il se retrouver en fauteuil pour faire tout ce chemin ? Si je revenais dans le monde des valides, je garderais cette bienveillance. Est-ce que j'aurais découvert tout cela seul, sans mon accident ? Je n'en ai aucune idée. Mais il y a des centaines de milliers d'hommes et de femmes qui sont bienveillants et qui portent le monde. Que de jeunes cherchent un sens à donner à leur engagement ! Toi, moi, eux, nous pouvons changer le cours de nos existences.

Le Toi et Moi est plus que l'addition du Toi plus Moi. Nous sommes en relation, en dépendance, en fragilité commune ; quelle extraordinaire source de richesse ! À l'heure où l'on prône le chacun pour soi, être en relation les uns avec les autres, accepter notre interdépendance, est un grand soulagement. Nous sommes bienheureux de faire partie de cette humanité partagée ; qu'il est bon de se savoir secouru, si nécessaire, qu'il est bon de secourir, sans plus craindre d'être exclu, humilié.

À force de vouloir être indépendant, on se retrouve très seul. L'intrusion du très grand handicap, la présence de la grande différence, entourée d'une altérité multiple, montre qu'on ne peut pas subvenir seul à la très grande fragilité, à l'extrême handicap. La présence de cet extrême handicap va nous amener à agir de concert et être dans la communauté. La société inquiète, et il y a de quoi. Elle ne nous sauvera pas par le « Moi d'abord » ; l'appropriation par le plus puissant ne le protégera pas d'un sort qu'il pressent tragique – ne serait-ce que sa propre finitude – ni de la société dont il sent bien que les tensions sont extrêmes. Au contraire ! La société trouvera son salut dans l'acceptation de l'autre, du Toi faible, de l'écoute et l'entendement. C'est par la compréhension de l'autre faible que nous pouvons nous relever et nous sauver.

Vous pouvez vous sécuriser autant que vous voulez, faire fortune, mais je ne suis pas sûr que cela suffise pour être heureux. Quelle violence dans cet égocentrisme. N'ayons pas peur de la dépendance. Si vous cherchez la sécurité, sécurisez-vous avec les autres, pas contre eux. Mais plus encore, c'est absurde de penser exister par soi-même. J'existe parce que vous êtes, parce que nous sommes, Toi et Moi. Et j'y crois.

Le film *Intouchables* porte ce message universel. Il a été diffusé dans une soixantaine de pays, et tout le monde le comprend. Cette question de la fragilité et de la différence rejoint chaque être humain. Toi qui as vu le film, as-tu changé ton regard ? Il ne s'agit pas de pitié ou de commisération, il te faut accepter d'être désarmé. Si quelques-uns acceptent de « guérir » ou de « convertir » leur façon de regarder la différence, alors tout peut changer. Quand il y a une rencontre possible, quand Toi et Moi, nous avançons ensemble, notre marche devient contagieuse.

22
Rencontres éphémères

Les relations se construisent petit à petit, s'inscrivent dans la durée. Il y faut du temps et de l'engagement. Parfois, l'autre surgit : un échange imprévu s'impose naturellement. Cette rencontre sera peut-être éphémère, temporaire, mais elle s'inscrira dans notre existence.

Une rencontre dans une salle d'attente du centre de rééducation. Une heure passée dans une salle de rééducation de l'hôpital, alors que nous nous trouvons voisins, chacun sur notre table de verticalisation. Nous, les immobiles, nous devons passer chaque jour quelque temps maintenus debout pour faire un peu de « sport ». Nous sommes souvent faibles : c'est extraordinairement fatigant d'être verticalisé !

Je sens la fatigue de l'autre. « Ça va ? » Juste un mot, et la rencontre se noue. C'est une manière de veiller sur l'autre tout proche, quand il flanche. S'il tousse, je préviens le personnel : « Regardez, il ne va pas bien. » Si je vois qu'il baisse du nez : « Attention, il est en train de tourner de l'œil. » Lui aussi veille sur moi, l'air de rien. Voilà une attention à l'autre qui surgit, sans être programmée ni prévue, naturelle. Une émotion, une vibration, marquent cet instant, sans qu'il y ait forcément un échange verbal. Il n'y a pas de mots quand vous partagez avec votre voisin cette zone incertaine de la conscience : sensibles à l'extrême. Peut-être notre état commun de handicapés nous rapproche-t-il ; je partage, avec cette armée de corps alignés, de guerriers immobiles, de gardes du corps de l'autre, des moments de fraternité.

La rencontre est parfois géométrique : en centre de rééducation ou à l'hôpital, je suis souvent allongé, alors que le visiteur reste debout. J'aime beaucoup cette rencontre entre l'horizontal et le vertical. Nous formons la croix de l'humanité ! Pour avoir pas mal pratiqué l'horizontalité, je sais combien cela crée une différence étonnante. Nul n'est vraiment à l'aise au début. Prendre soin de l'allongé est un très beau rendez-vous d'humanité. Se pencher sur un souffrant couché, comme une mère se penche sur le berceau de son enfant, est plein de tendresse, d'attention et d'émotion.

Le paralysé reçoit cette visite bienveillante de l'autre attentif au-dessus de lui, il est déjà en guérison. En étant allongé, nous avons une vision de l'humanité debout très particulière. Un recadrage s'opère. Le familier qui vous rend visite n'est pas perçu sous l'angle habituel ;

il est revisité par cette vision d'en bas, effaçant peut-être des rencontres d'égal à égal où des rapports de force tentaient de s'instituer. Rien ne se perd : une réciprocité s'installe, il y a un véritable échange entre la vitalité de l'homme debout, et celle malmenée de l'être couché. Sans en avoir l'air, l'horizontal prend aussi soin de son visiteur qui vient consacrer du temps au malade. C'est un échange très particulier qui n'est pas celui de gagnant à gagnant. La présence de l'autre est un don. Un don gratuit, chargé de vérité. Il se passe quelque chose !

Même si cette rencontre est passagère, que par la suite nous retrouvons nos positions d'égal à égal, elle laisse une trace. Il y a comme un désarmement dans cette rencontre géométrique. Peut-être y aura-t-il d'autres rencontres, mais celle-là gardera tout son sel. Elle a fait du bien. Quelque chose s'est passé, insignifiant et inscrit pour toujours. L'instant se répétera peut-être. Il reste comme un souvenir, et nous accumulons ces instants tissés entre Toi et Moi dans ces conditions particulières.

Ce plaisir d'être, que j'ai éprouvé dans ces moments d'intense abandon, d'humanité, sont envisageables dans la vie quotidienne des valides, ne serait-ce que par l'attention inhabituelle que vous portez à quelqu'un. Ce sera peut-être même avec un anonyme, un voisin, un collègue : soudain, la rencontre a lieu en vérité, loin de toute théâtralité, de toute convention. C'est plus qu'une rencontre, c'est un évènement qui jalonne avec bonheur notre vie.

23
Le Tout-Autre

Croire : là réside ma difficulté. Le mystère de la foi traduit bien son étymologie grecque : le mystère, c'est l'indicible, l'absence de mots, le muet. Comment élaborer une pensée sur ce « quelque chose » qui dépasse l'entendement. C'est comme essayer d'imaginer ce qu'a pu être l'univers avant le big bang, il y a quelque quatorze milliards d'années. Que peut-il exister en dehors de notre espace-temps qui définit l'univers depuis le big bang ? C'est le même mystère que ce qui peut exister après la mort.

J'ai encore du mal à concilier mon incrédulité, mon incompréhension, avec cette évidence que peut être « croire », comme c'était le cas pour Béatrice et pour tant d'autres. Souvent, j'envie la lumière qui se dégageait de Béatrice, dans sa foi absolue, en toute confiance, sans la moindre inquiétude. Autant le désarmement dans ma confiance en l'autre humain me paraît accessible, autant la confiance dans l'Autre divin me paraît inaccessible.

Je relisais le livre d'un oncle, Adalbert de Vogüé, qui fut, pendant soixante ans, moine de la Pierre-qui-Vire. Dans son livre, *Désirer la vie éternelle, l'espérance hier et aujourd'hui*[1], il nous emmène en toute confiance dans cette éternité si familière pour lui. Quelle paix !

---

1. Adalbert de Vogüé, *Désirer la vie éternelle, l'espérance hier et aujourd'hui*, « Vie monastique » n° 32, Abbaye de Bellefontaine.

Dans le silence, désarmé, il m'arrive d'ouvrir les yeux et de me sentir en harmonie : voilà ce que j'appelle « croire ». Croire, c'est être convaincu que notre vie a du sens, que notre humanité a un sens. Alors, oui : l'autre, les autres, j'y crois, j'adhère, je suis en harmonie. Je suis avec lui, avec eux. Je sais qu'il n'y a pas d'autre existence digne que cette confiance qui nous relie à l'autre.

Je crois aussi que le monde, qui a été pourtant habité par des milliards d'individus depuis le début, n'est jamais le même après le passage d'un seul d'entre nous. L'unique chose que je puisse sentir, bien qu'à la limite de la perception, c'est qu'à chaque naissance ou à chaque mort, le monde et la mémoire du monde s'inscrivent différemment par la simple existence d'un seul. Il garde la trace de tous.

Tout ce qui touche au sacré demande un même état de réceptivité. Dans le bruit, rien ne peut naître au fond du cœur. J'admire la manière dont les participants à ce groupe de prière, qui nous a accompagnés si longtemps, savent entrer dans le silence, lire les textes. L'Évangile est pour eux le lieu de rencontre avec les autres, et avec l'Autre pour les croyants.

J'ai un peu de mal avec Toi, le Très-Haut. Par contre, Jésus me parle : le Christ pose les vraies questions, donne les bonnes réponses, qui sont aujourd'hui encore pertinentes. La modestie, l'humilité, l'attention au faible : dans l'Évangile se joue le mystère d'une rencontre de personne à personne. C'est aussi un discours politique. Si nous mettions l'Évangile en œuvre, nos sociétés seraient transformées : imaginez cet accueil extraordinaire de tous autour de la table ! Quelle fête ! Quel banquet !

Mais Dieu le Père reste un mystère. Je veux y croire puisque Béatrice est auprès de Lui. Pour moi, Il existe par l'« intercession », par l'intermédiaire, de Béatrice. Voilà encore un effet de cette rencontre entre elle et moi, entre nous. Les autres sont un accès à ce mystère complet qu'est Dieu. Pour moi, pas de réponse. Ce Dieu est comme un palimpseste. Je l'envisage à travers ces autres qui sont en relation avec Lui, qui sont habités par le Père.

Voilà une grâce que je n'ai pas, et cela m'exaspère ! Je sens combien la foi peut aider à cette relation entre Toi et Moi, entre tous. Mais elle n'est pas une donnée obligée : notre humanité porte en elle ces richesses intérieures qui nous rendent proches de l'autre. Dans le silence, même sans cette évidence du mystère de Dieu, tout est possible : la réconciliation avec l'environnement, le désarmement complet, la bienveillance avec le monde, avec l'autre et tous les autres.

Conscient de la fragilité, de la finitude, du temps qui passe, de la souffrance, je ne peux qu'éprouver une sorte de grande fraternité. Il n'y a que la fraternité qui permette à ce monde de vivre. Dans cette solitude inouïe de notre humanité, s'il n'y a pas la fraternité, notre monde est une horreur absolue.

La foi est mystérieuse ; la résurrection et l'au-delà aussi, bien évidemment. Ce que je sais, parce que je l'éprouve, c'est que Béatrice n'est jamais absente. Elle n'est pas là et me manque, mais j'y pense toujours. Nous pouvons être « à tu et à toi » avec nos défunts. Cette relation aux absents n'est pas douloureuse tant qu'ils sont maintenus « présents » par la pensée. Je pense à mon père, si pudique, à mon grand-père que j'adorais. La mémoire est une existence. « Dans une goutte d'eau se trouvent tous les secrets de tous les océans, dans un aspect de vous se trouvent tous les aspects de l'existence », écrit le poète libanais Khalil Gibran[1]. La goutte lumineuse des souvenirs est un océan de rencontres avec les absents.

---

1. Khalil Gibran, *Des secrets du cœur*, Éditions de Mortagne, 1980.

La simple mémoire maintient le lien, maintient l'autre dans une certaine présence. Après la mort, que reste-t-il de notre existence aux yeux de tous ? Il reste cette mystérieuse communion avec nos absents qui ont laissé l'empreinte de leur passage.

24
Toute ma considération

Comme pour beaucoup d'entre nous, l'estime de moi-même a longtemps dépendu de l'approbation d'autrui, de son regard, de ses réactions. Ma propre existence trouvait sa justification dans le jugement des autres. Le regard que l'autre pose sur nos actes, notre vie, est certes important ; en être dépendant devient problématique. Ce mal ne date pas d'aujourd'hui : déjà chez les Latins et les Grecs, l'apparence avait un pouvoir considérable. Ils avaient pour critères la beauté, la jeunesse, la santé, le sport, la réussite. L'humanité a connu d'autres sociétés et d'autres périodes plus conscientes de la valeur de chacun. Notre époque est revenue à cette fausse richesse du paraître ; les images de la publicité en sont une triste illustration, allant jusqu'au mensonge, à la dissimulation.

Quelle cruelle dépendance que de vivre selon le regard de l'autre ! C'est à chacun d'établir ses propres règles. Dans le silence et la fragilité, j'élabore ma propre conscience. Au fond de moi-même se trouve ce qui est vrai. Dans nos sociétés, l'égoïsme bien compris justifie les dévoiements de la relation à l'autre, jusqu'à adopter des comportements sans morale, des règles du jeu où la fin justifie les moyens, y compris la violence, le banditisme. Il faut constamment revenir sur sa conscience, ne pas se laisser happer par le conformisme de notre société égoïste qui va jusqu'à abuser de l'autre.

Cela exige de changer de mode de rétribution, de gratification ou de reconnaissance : l'autre n'est pas mon repère. Ne pas chercher à se conformer à la norme, aux usages, à la tolérance malsaine, ni à l'acceptation des petits travers, de certaines inexactitudes, simplement pour être dans le coup, pour trouver sa place. La relation à l'autre n'est pas dans l'imitation, l'adhésion aveugle à ce qui est communément admis dans cette société basée sur l'individu. Ma conscience vive se fonde sur le silence et sur mon intériorité. Dans l'acceptation de mon imperfection et de ma fragilité s'érige une totale liberté !

Nous avons certes tous besoin d'exister dans le regard des autres. Très souvent, nous n'en sommes pas conscients. Nous pouvons nous contenter de cette facilité, de cette approximation, pendant un certain temps : notre métier nous tient lieu de carte de visite, de statut social. Il prédétermine notre perception par les autres et le mode de relation qui nous convient en apparence. Mais il faut de temps en temps remettre en question cette conformité.

Nous sommes acteurs de la manière d'entrer en relation avec l'autre. Même si cette rencontre nécessite que nous nous sortions de nous-mêmes et de notre intérêt. Il nous faut choisir d'être désengagés, désarmés ; cela demande un certain doigté, une certaine délicatesse dans notre manière d'entrer en relation, en résonance, sans effacer le fait que nous soyons deux êtres différents. D'où la nécessité d'être un peu passif pour ne pas en imposer à l'autre. Je peux essayer de me mettre à sa place, sans lui dire, juste pour comprendre ce que l'autre vit. Je ne serai jamais dans sa peau, sa tête, et lui ne prendra pas mon fauteuil. Ma solution ne l'intéresse pas : elle risque bien de ne pas lui convenir. Ne dites pas « si j'étais à ta place ». Ce que vous savez de l'autre vous aide à entrer en contact avec lui sans *a priori*. Mais vous n'êtes pas lui : attention à ne pas occulter l'instant de la rencontre par ce que vous avez perçu auparavant, en restant sur l'acquis des rencontres passées.

Mais ce que vous savez de l'autre vous aide à entrer en contact, dans l'attente de l'inédit. J'ai croisé Gisèle dans un centre : la très vieille dame était toute cassée, mais avec un œil vif et un incroyable humour de la vie. Elle vous paraîtra toute rabougrie ; moi, je sais que je peux blaguer avec elle : c'est notre complicité.

Il n'y a pas de solutions toutes faites, si ce n'est le goût de la rencontre. Il faut être deux à la vouloir, et si j'exprime le désir d'une rencontre, je ne peux pas l'imposer. Les personnes envahies par la méfiance, dans la crainte des autres, restent à distance. Ils ne font pas le premier pas, ils ne se désarment pas. Il faut rester patient, ne rien dire, et marquer sa disponibilité. On peut avoir du regret si la rencontre n'a pas lieu, on ne peut en éprouver de la rancune. À nous de nous désarmer pour ne pas être perçus comme une menace par l'autre, qui a déjà certainement été déçu, voire blessé. « Apprivoise-moi », dit le Petit Prince.

L'autre a droit à toute ma considération. Ce mot peut avoir une déclinaison administrative, marquant une espèce de respect formel, mais il dépasse largement ce contexte restreint. La philosophe Corine Pelluchon en fait le mot essentiel dans la rencontre de l'autre fragile[1] : regarder l'autre avec considération, c'est lui prêter attention. Je me rends réceptif.

La considération m'ouvre à l'altérité de l'autre, dans l'intention de faire quelque chose avec lui. Ce n'est pas facile : il faut être capable de considérer l'autre, de faire silence, de se décentrer. Être attentif au chemin de dignité de l'autre, aller au-delà des mots pour percevoir la demande. Nous pouvons alors construire ensemble, et, dans une

---

1. Corine Pelluchon, *Éléments pour une éthique de la vulnérabilité*, Le Cerf, 2011.

considération généralisée, faire bouger la société. Non plus dans la force et dans le bruit, dans la contrainte ou la compétition, mais dans un respect attentif et proactif comme toute personne prenant en main la responsabilité de sa vie, plutôt que de rechercher des causes dans les circonstances ou les personnes extérieures.

Les arts martiaux ont compris cela : je pense à l'aïkibudo, qui considère l'autre comme un « partenaire » dans le combat et non plus un adversaire. Le nanbudo cultive l'art de l'esquive ou de la parade pour accompagner l'autre. Le tétraplégique que je suis n'est pas un grand spécialiste, mais, à les regarder, il semble qu'il y ait comme un pas de danse. Au lieu de se confronter à son partenaire, celui qui est attaqué accompagne le mouvement. Ce n'est ni une ruse, ni une fuite : faites un pas en arrière, décentrez-vous pour pouvoir être capable de considérer l'autre. Les sportifs se considèrent, pour mieux enchaîner les mouvements : de même, je suis en silence, disponible, passif, pour être réceptif et capable de rencontrer l'autre.

Quand Toi et Moi, nous nous rencontrons, nous entrons en contagion. Chacun de nous pourra nouer des liens avec d'autres, irriguer un groupe, puis un autre, de cet esprit de dialogue et de reconnaissance. Je crois à l'effet démultiplicateur de la confiance.

La confiance de chacun est tellement plus prometteuse que la prétention de notre société d'efficacité, qui croit résoudre le problème du monde par un individualisme forcené. L'individualisme atomise le monde. Toi et Moi, nous tissons des liens, nous créons des passerelles. À l'optimisation de nos satisfactions personnelles prônée par une société gourmande qui divise, nous opposons la solidarité, la fraternité. Seul, je suis désarmé, même si je me carapace pour ne pas le montrer. Mais Toi et Moi, ensemble, nous devenons désarmants. Nous bâtissons un monde extraordinairement plus durable qu'une société où l'individu, prétendument roi, est en réalité un esclave.

Le salut

Je voudrais être un passeur. Ma parole n'est pas une parole autocentrée. Je suis guéri de tout narcissisme. Il est très difficile pour une personne valide de résister à ce jeu de l'image. Mais c'est possible, fort heureusement. Se confronter à la différence, l'accepter, permet l'échange. Il faut vivre en communauté avec les fragilités de chacun – pas forcément en partageant le quotidien mais faire « communauté », c'est-à-dire se sentir de la même humanité. La communauté est diverse, plurielle, sinon elle devient sectaire, uniforme. Le groupe nous guérit de nos égoïsmes et encourage la confiance en l'autre. Toi qui es « normal », bien sous tous rapports et qui, en apparence, n'est pas cabossé, tu as besoin du fragile. Quelle richesse !

Toi et Moi, nous devons nous « aménager » pour entrer en relation profonde. Il faut prendre le temps : c'est la vraie solution qui m'échappait évidemment tant que j'étais dans ma course folle. Le rapport à l'autre ne se vit pas dans la précipitation. Petit à petit, nous découvrons comment écouter, être ensemble. Prendre le temps ensemble, en perdre même, débouche sur une incroyable fécondité.

Être en lien, Toi et Moi, ne nous dispense pas du monde. Nos projets ne doivent pas tourner sur nos petites personnes, mais nous ouvrir à l'extérieur, aux autres. Être solidaire ne peut pas se limiter à un tête-à-tête. L'autre n'est pas une solution à notre solitude. C'est une guérison du monde. Toi et Moi n'est pas la quête d'un petit confort, fût-il partagé : nous ne sommes pas ensemble, Toi et Moi, pour nous tenir la main, mais pour contribuer au monde.

Longtemps j'ai considéré l'autre avec respect mais détachement, tout préoccupé que j'étais de m'assumer. Dans le bruit et l'agitation, l'autre est dénaturé par notre inquiétude et notre refus de considérer notre part de fragilité et d'unicité. Dans le silence des années d'hôpital et de l'absence de Béatrice, je me suis retrouvé et j'ai découvert l'autre, sans calcul, en toute sincérité. Ce Moi recadré dans le silence trouve place dans une relation apaisée et enrichie, une relation à l'autre.

Avant c'était Moi ou Toi ; aujourd'hui, les rapports sociaux se refondent dans le Nous de la rencontre. Il faut donc se réformer soi-même dans le silence avant de solliciter la relation à l'autre, porteuse de sens. Notre monde individualisé – cet Occident en voie de mondialisation – semble, par sa réaction au film *Intouchables* et toutes sortes d'autres phénomènes, aspirer à des valeurs du rapport à l'autre et d'un vivre ensemble décrispés.

Ne pas croire à cette alchimie de la rencontre est trop fréquemment illustré de nos jours : la solitude qui se généralise, les appétits qui s'aiguisent et les moralités qui se délitent. Le Toi et Moi nous oblige à nous ancrer dans le présent pour être disponibles, désarmés, dans la relation. Pendant des décennies, à l'image de notre société, j'ai été un Moi acteur, sujet centré sur lui-même et je dois, aujourd'hui encore, devenir décentré, désengagé, pour pouvoir accueillir l'autre dans toute sa diversité et sa richesse.

Tous ces autres qui vont de l'intime à l'étranger en passant par le familier, le membre de la communauté, le prochain, sont une école de l'effacement de soi. Contrairement à l'individualisme forcené de mise qui crée l'humiliation, la rencontre du Toi et Moi est source d'humilité, de désarmement. Dans la considération de l'autre, parfois souffrant, souvent fragile et éventuellement mourant, je découvre son chemin d'indéfectible dignité. Dans cette attention à l'autre, faite de richesse, de diversité, à l'image de la beauté du monde, se trouve la source des solutions aux nombreux dysfonctionnements de notre société. Ce Toi et Moi modeste, dans le respect du mystère et de la différence de chacun, ainsi que dans la simplicité des ambitions partagées, nous réconcilie avec nous-mêmes, avec l'autre et nous ancre dans la condition humaine.

J'ai confiance dans cette rencontre, dans ce Toi et Moi qui inclut au lieu d'humilier. Ce partage bienveillant dans la simplicité et l'acceptation est source de jubilation. Quel plaisir de vivre ainsi et quel soulagement pour notre devenir commun.

Du même auteur

Le second souffle, Bayard, 2001, édition revue et augmentée en 2011
Tous intouchables ?, avec Jean Vanier et Laurent de Cherisey, Bayard, 2012
Quand la fragilité change tout, Colloque « Fragilités interdites ? », Albin Michel, 2013

Si vous souhaitez joindre l'auteur
voici son adresse électronique :
pozzoborgo@hotmail.com

Table des matières

Remerciements 9

Introduction 11

1. Pourquoi l'autre ? 19

2. Le Moi d'antan 23

3. Cher grand-père 33

4. La fracture 39

5. La mort de Béatrice 47

6. Le Moi nouveau 53

7. Bas les masques ! 59

8. L'intime 65

9. Le familier 71

10. La communauté 81

11. Le prochain 95

12. Khadija, complice 99

13. D'une génération à l'autre 107

14. L'humilié 115

15. Les difficultés
de la rencontre 129

16. Douloureuse solitude 135

17. Un second souffle 147

18. Le Toi et Moi de l'extrême 153

19. La souffrance insensée 163

20. Avancer désarmé 169

21. Bienheureuse
interdépendance 175

22. Rencontres éphémères 189

23. Le Tout-Autre 195

24. Toute ma considération 203

Le salut 213

PCA / *CMB* Graphic
44400 Rezé

Achevé d'imprimer en Italie
par Grafica Veneta S.p.A.
en mars 2015
Dépôt légal : avril 2015